Dumar talo ma laga dayey?

DUMAR TALO MA LAGA DAYEY?

Abdibashir

Third Edition, Sweden, Stockholm 2022.
Daabicidda 3aad, Iswiidhan, Stockholm 2022
Printed & bounded by: Ingramspark
Waxaa Daabacay: Ingramspark
Published & Distribute
Eurosom Books
Stockholm, Sweden
abdibashir@hotmail.com
ISBN: 978-91-984421-8-2

TUSMO

Bal ku soo celi, adeer !

Mar keliya ayuu sida jeleskii dhegohooda ugu dhacay, dhawaaq ka soo yeedhay wiil yar oo ku taagnaa geedkii ay ku shirayeen; dushiisa. Shib ayaa la wada yidhi. Sharqantii[1] dadka iyo gurxankii[2] codkooduba isku mar ayey sidii dhibic roob oo go'day isu taageen. Qofna kama uu qaadin gacmihiisa halkii ay yaalleen ka hor intii aan la maqlin dhawaaqan lagu kogay[3].

Waxa geedka hadhkiisa iyo hareerihiisaba hoganayey, dhammaan wixii deegaanka niman qaan-gaadh[4] ah joogay. Iyadoon qofna dhaqaajin xubin jidhkiisa ka mid ah, ayaa indhaha kor loola wada raacay laanta sare ee uu dhawaaqu ka soo baxayo.

Haddaad arki lahayd dadkaas, waxaad moodi lahayd, inay awood ka xoog badani ku qasabtay inay u jeestaan xagga sare.

---

[1] Sharqan= Waxay la macno tahay Sanqadh ama jabaq

[2] Gurxan= waa xamxamta codka ragga iwm.

[3] Kogay= dhegay, halkan waxay ugu jirtaa lagu dhaygagay ama aad loo fiiriyey.

[4] Qaangaadh= Waa marka uu qofku carruurnimada ka baxo.

Indhaha ayaa lala raacay laamaha geedka. Markaas ayaa sida tooshka, qac loogu siiyey wiilka yar ee laanta ugu sarraysa ku fadhiya.

Wiilku qiyaastii waa toban jir, weligiina sidan oo kale umay soo fiirin indho sidaas u tiro badani.

Wuxuu ku sigtay inuu ka soo dhaco geedka; baqdin daraadeed. Wuxuu isku dhejiyey laamihii oo ay gacmihiiba ugu qaban waayeen sidii hore. Hadduu ka soo siiban lahaa, naftu kuma ay soo sinteen dhulka. Maxaa yeelay, geedku aad ayuu u dheeraa. Indhaha badan ee soo eegaya ka sokow, waxaa yarka baqdin geliyey muuqaalka wajiyada ragga oo ay ka muuqatay diif[5] iyo basiiradi[6]. Daamankooda waxa buuxiyey timo isku baxay oo aan muddo sanawaad ah loo helin wakhti lagu qurqurxiyo.

Shib!! Sssssss!!!!!!. Jabaqdiina[7] way go'day.

---

[5] diif: daal iyo darxumo
[6] basiirad= baahi iyo basaas loo jeedo, busaarad
[7] Jabaq= sanqadh

Sanqadh waxa ugu badan ta laga maqlayo dabaysha iyo ruxanka dhirta. Weli ma aragteen xukun maxkamadeed oo muhiim ah marka lagu dhawaaqi rabo, sida ay u dhugtaan[8] dadka uu quseeyaa? Sidaas oo kale ayaa loo wada hanqal taagayey! Waxaa la wada sugayaa; in mar kale la maqlo kalmeddii uu ku dhawaaqay yarku. Weli waxa ka qaylinaya dhegohooda dawankii kalmeddaas.

Laakiin fahanku wuu soo qaban la´yahay, waxay ahayd. Indhuhu xaggiisa ayey weli ku laalanyihiin. Qof walibana gaarkiisa ayuu isula hadlayaa, isagoo isweydiinaya:

Waar...heedhe! maxay ahayd wixii yarku ku dhawaaqay?

Waar! wax weyn ayey mushkiladda ummaddan ka tari lahayde, maxay ahayd??

Yarkii wuu yaqiinsaday[9] inuu isagu dadkan soo jeediyey. Waxa kaloo u caddaatay in boqollaalkan af ee juuqda gabay[10] ay isaga jawaab ka wada sugayaan.

[8] Dhugasho= Si aad ah ugu fiirsasho, si aad ah u dhegaysi

[9] Yaqiinsaday= way u caddaatay

[10] Juuqda gabay= hadal daayey

***Cajiib**! Toloow xaggee buu ka bilaabaa?*

Afka ayuu u kala qaaday hadal. Markaas ayaa indhihii lagu sii wada caddeeyey. Dabadeedna hadalba wuu ka soo bixi waayey.

iiiiiin..... iiiiin..... iiiiin Wax aan ahayn waa laga waayey.

Markaas ayuu nin aynigiisu dhexdhexaad ahaa, si lama filaan ah isu taagay isaga oo aan indhaha mar qudha ka sii dayn wiilka yar. Ku ye:

"Adeee.... Adeer! bal noogu celi hadalkii aad haddeer tidhi!"

Dabadeed mar keliya ayuu gurxanka raggu isku darmaday, labada dacal ee geedka. Waxaad mooddaa inay dhammaantood carrabka ku hayeen su'aashaas iyada ah laakiin ay ka soo bixi la'ayd.

WIILKII YARAA AYAA U HOOLLADAY HADAL. KUYE, waxan idhi: "**Horta inan-ragoow**[11]**! Weli, Dumar talo ma laga deyey**?"

[11] Inan-rag= rag oo isku dhan

Mar alla markii si fiican loo maqlay odhaahdii yarka, ayaa buuq lala wada oogsaday[12].

Al!......Alla......waar ma maqlaysaan!!....
..dhega---- dhega....dhegaa.....dhega

aar ba'a........ aga...Aga.. waar yaadhaheen!

Laa xawla walaa quwatiin illaa billaahi....

Al-xamdullilaah....... Allahu akbar ....
ooooooo.....aaaaaaaaaa............uuuuuuuuu

Waar ma intaasaynu garan waynay**?**

Waar yaadheheen!.......Waar yaadheheen.......... Illeen tanoo kale!

Meeshiba way uugaantay[13]!

Waxaa sidii idaacado codkooda laysku furay, ka soo burqaday[14] afafkooda ereyada kala duwan ee lagu cabiro fajacaada iyo yaabka.

Cajiib!..... Cajiib!!..... Cajiib!!!

---

[12] Oogsaday, asalk kelmadu waa oogsasho= sare-u-kac dhakhso ah.

[13] Uugaantay, asalka kelmadu waa uugaan= buuq iyo qaylo

[14] Burqaday= si xoogle uga soo baxay

Neef ayaa ka soo wada booddey raggii. Waxaad mooddaa in maskaxdooda dabool ku xidhnaa laga furay. Waxaad moodaa in indhahooda caad[15] ku dahaadhnaa laga dulqaaday.

Waa markii ugu hoorreysay ee ay ragga deegaanku kelmad isku waafaqaan muddo sanawaad[16] ah. Xiitaa in kelmad macneheeda, isku dareen laga muujiyaa, waxay la mid tahay muwaafaqo taariikhi ah.

Waa ummad uu ragaadiyey[17] "ismaandhaaf[18]" iyo Khilaaf gaadhay heer aan waxba laysugu garaabin, shar iyo khayr toona.

Immakadan yar, Intii aanu yarku dhawaaqin, waxaa qarka loo saarnaa[19] in lays dagaalo oo uu halkaa ku burburo shir loo fadhiyey dhawr maalmood una muuqday rajadii ugu dambeysay ee reer **Soofmaal**.

---

[15] Caad= waa xuub cad oo dul fuula wiilka isha ee wax lagu arko.

[16] Sanawaad= sannado badan

[17] Ragaadiyey=naafeeyey

[18] ismaandhaaf= iskhilaaf

[19] waxa qarka loo saarnaa= Waxa lagu dhawaa

Malaha waxa kugu fiican inaad wax ka fahanto reer **Soofmaal,** taariikhdooda iyo dhibka qabsaday nooca uu ahaa, intaanad horta ka bogan wixii ka soo baxay taladii wiilka yar. Markaas ayaad fahmi doontaa, waxa gaadhsiiyey ummaddan aynu ka hadlayno heer ay talada carruurta nas moodaan.

WAXAY KU NOOLAAYEEN

" DALSAN""""

Reer **Soofmaal** waxay abidkood[20] deggenaayeen dhul lagu magacaabo "**Dalsan**".

Dhulkoodu ma ahayn mid socod lagaga gayoon[21] karo muddo bilo ah; ballaciisa iyo dhererkiisa toona. Hasayeeshee, dadku ma badnayn tiro ahaan. Wax kale kuma garatide; Ilaahay ayaa u waasiciyey dhulkooda. Weynidaas waxa u dheer quruxda muuqaalka guud ee deegaanka, carro-samaanta dhulka hoose iyo cimilo-wanaagga hawada sare.

Waxa dhinacyada isku haya kaymo wada shareeran, dhir nooc walba leh oo teelteel ah iyo bannaano wagac ah oo xidhadhka jiqda ah kala sooca.

Markaad dul marayso banaanadaas, waxay indhahaagu meel fog ka qabanayaan hirarka buuraha cagaaran oo ay daadeggooda ka faafaan dooxooyin aan laga guurin gu iyo jilaal. Muuqaalka noocaas ahi kuma gaar aha qaybo ka mida deegaanka "**Dalsan**" ee waa bilic is haysata dacal ilaa dacal.

---

[20] Abidkood= Cimridkood, weligood, abid= Cimri ama wakhtiyadii hore oo dhan

[21] lagaga gayoon karo= lagaga bixi karo, lagaga dhammaan karo ama lagu wada gaadhi karo

Dadku waa xoolo dhaqato. Cadka iyo caanaha xoolaha ayaa ah cuntadooda rasmiga[22] ah, waxaase u weheliya, qadhaabka dhulka iyo malabka shinnida oo deegaankooda ka buuxa.

Magacan **Soofmaal** waxay kula bexeen, ka shaqaynta iyo dhaqaalaynta xoolaha oo ay noloshoodu ku xidhan tahay. Waxa iska caadiya inuu qoys waliba wax ka haysto shanta nooc ee xoolaha la dhaqdo, oo kala ah geela, adhiga, lo'da, fardaha iyo dameeraha.

Way adagtay in la arko cid aan lahayn xoolo baahidooda daboola. Sababtoo ah qof walba maalinta uu dhasho ayaa xoolo loo abuuraa. Waxa xuduntiisa[23] lagu xidhaa shan neef oo dheddig[24] oo wada ugub[25] ah, kana kooban shanta nooc ee xoolaha nool. Lagama iibsado, lagamana qasho cidna lagama siiyo ee waa loo dhaqaa ilaa uu ilmahaasi, ka qaangaadhayo.

---

[22] Rasmi= Joogto, caadi

[23] Xudun= xundhur,

[24] Dhedig, waa tilmaanta haweenka, waxanay halkan ugu jirtaa xoolaha dumarka oo kale ah. Dhedig waxa ka soo hor jeeda "Lab" oo ah tilmaanta ragga.

[25] Ugub=Neef yar oo aan weli waxba dhalin.

Marka uu ilmahaasi qaangaadho, ayaa lagu wareejiyaa xoolihiisa iyo xilkoodaba. Taasi waxay keentay in aan cid caydha lagu maqal reer **Soofmaal** dhexdooda. Haddiiba ay dhacdo inay qof xooluhu ka baxaan, waxaa u dhaqan ah bulshada reer Soofmaal inay u ururiyaan qofkaas xoolo ku filan.

Laakiin haddaynu nidhaahno; deegaanka wax baahiya lagama yaqaanno, been ayey inagu noqonaysaa. Baahidu adduunka kama dhamaato'e; Biyo la'aantu waa dhibaatooyinka ka jira **Dalsan** tan ugu horraysa. Nolosha dadka iyo xooluhuba waxay ku xidhanyihiin biyaha.

Waxaabay ku maahmaahaan: "*Xooluhu waa **caws** iyo **biyo ku nool**, dadkuna waa **cad** iyo **caano** iyo **biyo ku nool**.*" Hasa yeeshee biyuhu waa "macduun[26]".

Roobku wuxuu u da'aa sannadkiiba laba xilli oo qudha, lamana haysto wax qalab ah oo biyaha kaydiya. Sidoo kale ma jiraan ceelal laga dhurto maaxda[27] dhulka hoose, oo lagu baahi baxaa.

---

[26] Macduun= Waa wax aan la haysan

[27] Maax= Waa biyaha ka soo baxa dhulka marka la qodqodo

Ceelal way ka jiraan deegaannada *"Dalsan"*, haseyeeshee, ceelashaas tiradoodu way yartahay. Waxaa ku badatay cagtii oo waxa agagaarkooda[28] laga xaalufiyey[29] daaqii ay xooluhu ku noolaan lahaayeen. Sidaa darteed maalmo badan ayaa loo sii socdaa lagana soo socdaa, marka xoolaha laga soo waraabinayo ama biyo laga soo dhaansanayo[30].

Sidaas oo ay tahay, noloshu kama qasna oo farxad ayey ku wada noolyihiin dadku. Way is jecelyihiin. Weligeedna colaadi kama ay dhicin dhulkooda. Afkooda waabay ku yaryihiin ereyada sifaynaya dagaallada iyo nabadgelyo xummadda.

Boqolaal sano ayuu deegaanku sidaas nabad iyo caano ugu jiray. Berigii dambe ayaa meel baas laga soo booqday. Booqashooyinka waa lagu farxaa, laakiin tan waa la eeday!

[28] Agagaar= meelaha ku dhadhaw

[29] Xaaluf= Marka dhulka laga dhammeeyo daaqa

[30] Dhaan= Waa marka biyo la cabo ama biyo cuntada lagu karsado loo doonto meel kale.

Martidii xilka lahayd iyo murugadii ka danbaysay

Maalin maalmaha ka mida, iyadoo xoolaha la mayracayo[31], iyadoo gadhcasta raggu ay kooxo kooxo u fadhiyaan duleedka guryaha, iyadoo dhallinyarada tamashlaynaysaa[32] ay haasaawaha[33] isu darandoorriyayaan. Iyadoo laysu diyaarinayo goleyaasha caweyska ee habeenkii oo lagu kobciyo afka hooyo iyo xikmadaha kale ee dhaqanka loo leeyahay; ayey marti aan hore loo sii ogayni ka soo muuqdeen meel fog. Markaas ayaa la isu tilmaamay........

- Alla marti ayaa inoo soo socota.........!!..
- oo meeday?...........
- waa taas...............
- waa tee????.......
- dee waa taaa...!

Waa loo kacay oo halkoodii ayaa lagaga hor tegay. Reer Soofmaal waa dad aad u sharfa martida. Waxaa caadadooda ah in dadka martida ah saddex maalmood lagu sooryeeyo cuntada ugu

---

[31] Mayrac= Waa marka xoolaha la daajinayo galabtii/casarkii.

[32] Tamashlayn= Baashaal, Waa marka aanay hawli kuu ool ee layska socsocdo

[33] Haasaawe= Wada sheekaysi

fiican, dabadeedna la siiyo sahay ay ku gaadhaan muraadkooda iyo meeshii ay ku sii socdeen.

Martidan cusub, cid ay yihiin lama yaqaan. Meesha ay ka yimaaddeen iyo ujeeddadoodana lagama warqabo. Balse xaqii martisoorka[34] iyo dhaqan wanaagga way leeyihiin. arrintaas laba cali kumay murmin. Waa la soo dhaweeyey, waxana la geeyey meelo ay degaan. Xoolo ayaa loo qalay. Wax kasta oo lagu sheegi karo maamuus martiyeed iyo soo dhaweyn, waa loo sameeyey. Dadkii farxad ayey kala bateen. Dadka waaweyni way jecelyihiin imaatinka martida iyo dadka baahan si ay ajar uga shaqaystaan. Dhallinyarada iyo carruurtuna waxay ku jecelyihiin martida, cuntada casuumadda ee loo sameeyo oo laga wada noolaado. Runtii farxad la mida ta ciidda ayaa dadka gasha, marka sidan oo kale loo soo martiyo.

Isla habeenkii, markii sooryeyntii[35] laga soo jeestay ayaa xaalka martida layska xansaday.

Waxa laysku daartay dareen isku mid ah oo dadka martida ah ka dhashay. Dhammaan dadkii

---

[34] Marti-soor= Waa sida wanaagsan ee martida loo siiyo cunto

[35] Sooryeyn= si fiican oo martida loo cunto siiyo

la kulmay martidan, ama dusha uun ka arkay, waxay muujiyeen dareen baqdineed iyo saadaal nuxuuseed[36] oo la socota martidan.

Subaxnimadkii ayaa loo diyaar garoobay ambabixinta martida. Caadi ahaan waxay reer Soofmaal ka codsan jireen martidooda inay dhawr casho iska nastaan oo ay dareemaan inay guryohoodii oo kale joogaan. Balse qolyahan, waxa la wada jeclaystay in dhakhso laysu dhaafiyo. Markii ay muunidii[37] hore ahayd ayaa wixii ay ku quraacan lahaayeen loo diyaariyey. Dadkoo dhami waxay wada sugayeen inay goobjoog u ahaadaan ambabaxooda. Sababtoo ah marti noocan oo kale ah hore looguma arag deegaanka, hadday tahay xaga badnaantooda iyo hadday tahay xaga muuqaalkooda labadaba. Markii cabbaar[38] la sugay ee wax diyaar garaw ah laga arki waayey, ayaa loo qaatay inay iska nasanayaan hal maalin ah. Dadkii danahoodii ayey ku kala foofeen[39].

---

[36] Nuxuus= Halkan waxay ugu jirtaa balaayo iyo baas la socda martida

[37] muuni: suxda hore, salaada hore

[38] Cabbaar= Waxoogay, wakhti door ah

[39] Danahoodii ayey u kala foofeen= Danahoodii ayey u kala kaceen

Maalintii labaadna sidii oo kale ayaa loogu diyaar garoobay bixitinkooda, waxayse mar labaad u dheceen negaansho[40]. Maalintii saddexaadna way ku darsadeen. Saddex casho waa muddadii caadada u ahayd reer Soofmaal inay martida sooryeeyaan, si wanaagsanna way uga soo bexeen xilkoodii. Waxase lama filaan noqotay markii la arkay in aanay martidani uba jeedin amabax iyo socdaal. Maalinkii afraad waxa lagu wada tala galay sagootiyid[41] wanaagsan. Waxa la wada sugayey inay xamaantooda xidhxidhaan, balse wax hammad safar ah ma ay muujin haba yaraatee. Markaas ayaa yaab afka gacanta la wada saaray. faallo iyo xan ayaa layskula jeestay.

- Waar maxaa dhacay?..........................
- Maxay toloow damceen??

Markaas ayaa la bilaabay su'aalo aan horeba laysu waydiin!

- Waar heedhaha! xaggeey horta ka yimaaddeen?

---

[40] Nagaansho= Safar ka baaqasho
[41] Sagooti= nabad-gelyeyn, ambabixin

- Naayaadhaheen!!!.........xaggey safarka u ahaayeen ayaa la yidhi?
- Bisinka....bisinka.............**Cajiib!!**

Runtii dareenkan uu negaanshuhu[42] dhaliyey, ma aha kii ugu horreeyey ee lagaga shakiyo martida. Markii ay deegaanka soo galeenba waxa dadka ku dhex faafay cabsi iyo werwer. Lama yaqaan dadkani meel ay ka yimaaddeen, lama oga meel ay ku jeedaan. Way ka duwan yihiin dadkii lagu yaqaanney deegaanka **Dalsan** iyo deegaannada ku soo dhadhawba.

Waxa kaloo dadka ku dhex faafay[43] cabsi aan nooceeda hore loo dareemin balse aan la sharrixi karin. Dadku waxay wada qirsanyihiin inay Martidani ka buruud[44] wayntahay dadka reer **Soofmaal** iyo in ay u gaysan karaan deegaanka iyo dadkaba dhibaato aanay iska caabbiyi[45] karayn. arrintu waa dareen keliya, laakiin waa dareen laga simanyahay!

---

[42] Negaansho= baaqasho, safar ama guurid ka baaqasho

[43] Faafay= dadka wada gaadhay, la wada maqlay

[44] Buruud= awood qarsoon oo aan ku xidhnayn maal iyo muruq toona

[45] Iska Caabi= iska difaac

Faallooyinka ayaa laysla dhexmaray, waxaana mala-awaalka loo badiyey in uu sabadoodii[46] **shar ku soo booqday**.

Reer Soofmaal waa dad ku xeel dheer farshaxanka hadalka iyo xarragadiisa.

Falsafadaha iyo sugaan ku macaanaynta hadalku ma aha, waxa dad tiro yar u gaar ah oo looga dambeeyo ee waa hanti ka dhaxaysa bulshada dhan rag iyo dumar yar iyo weyn. Wakhtiyada ay sidan oo kale xaaladdu u murugto waxa la soo xasuusta xikmado hore u baxay. Markaas ayaa aftahannimo[47] lagu soo dhirindhirriyaa xalka ku habboon. Maalintan iyada ah waxa ku haboonaatay maahmaahda tidhaahda:

"Wixii la arki jiray, waxoodaa lagu dayaa, wixii aan la arki jirinna mid subxaanalle".

Waxa farta lagu wada fiiqay odayaashii deegaanka, oo la yidhi: tanoo kale idinkaa weligiinba laydinku hallayn jiray, maantana cid

---

[46] Sabada= Duleedka, waa meesha la deganyahay dacaladeeda

[47] Aftahannimo= Hadal-aqoon

idinka furata looma hayo. Odayaaloow!!! waydinkaas.

Dabadeed waxa la soo ururiyey raggii ugu da'da weynaa, uguna magaca dheeraa deegaanka. Odayaashan waxa lagu soo xulay ayniga[48] ka sokow; aqoontooda, waayo-aragnimo iyo aftahannimo. Dhaqanka reer Soofmaal waxa ka mid ah inay dadku martabado[49] kala duwan kaga jiraan bulshada. Culimada diinta, marka ay kaalintoodu timaaddo cidina kama daba hadasho. Suldaammada iyo odayaasha marka ay kaalintoodu timaaddo cidina kuma qabsato. Sidaas oo kale ayey dumarku kaalin ugu leeyihiin bulshada. Dhallinyartuna waa la mid. Qola kasta wixii ay soo qabtaan ee kaalintooda waafaqsan cidina kama daba hadli karto. Xiitaa boolis hirgeliya looma baahdo wixii lagu heshiiyo, maxaa yeelay waxa u xeer ah; in sharcigu cid walba ka weynyahay. Waxaase xus mudan in ay martabadda ugu sarraysa bulshada, odayaashu iska leeyihiin.

---

[48] Ayni= Da', Cimri, Waa intuu jiray qofku
[49] Martabad= Heer bulsho, darajo,

Waannu joogaynaa

Markii dardaaran loo dhammeeyey Odayaashii, ayey u kicitimeen halkii ay deggenayd martidu. Way u tageen. Salaan dabadeedna waxay toos u waydiiyeen; goorta ay damceen inay anbabaxaan[50] iyo xagga ay u jeedeen. Waxay dareensiiyen in joogiddoodu ay culays ku hayso dadka.

M**artidii**: Beryahaas Ambabax naguma jiro, maxaa yeelay meeshii aanu u soconay waannu joognaa hadda!. waannu *joogaynaa! Waannu iska joogaynaa.*

- **Odayaashii**: Cajiib! Oo miyeydaan dhul lahayn? Illeen waad ogtihiin inay dad leeyihiin halkane!

- **Martidii**: Dhulka inta aad ka deggentihiin ayuun baa leedihiin, inta bannaana Bina-aadanka ayey ka dhexaysaa. Dhulkan intiisa badani way iska bannaantahay. Annaguna Bina-aadan ayaannu nahay, oo nalagama xigsan karo. Ku xisaabtama taas!

---

[50] Ambabax= Safar u bixid

- **Odayaashii:** Haaye, dhulka inta bannaani, annagay noo bannaantahay ee idinka idiinma bannaana. Weligayo sidan uma tiro yaraanayno oo Insha Allaahu waannu badan doonnaa. Markaa carruurtayadu waxay u baahan doontaa dhulkan hadda naga bannaan.

- **Martidii**: Niman yahaw; dhulkan in aanu degno meel dheer ayaannu uga soo kicitinnay. ujeeddadayaduna ma aha in aannu weligayo joogno laakiin hadda idiinma sheegi karno muddada aannu ka maarmi doonno. Markaa, kollayba dhulkan waannu deggenaanaynaa intii aannu doonno. Wuxuun baa soo kala doorataan laba arrimood oo kala ah: In aannu wanaag idinkula degno iyo in aannu xumaan idinkula degno!

Talo ayaa ku caddaatay odayaashii. Dhinac waxaa u muuqatay gardarrada martidan iyo ujeeddadooda aan caddayn.

Dhinaca kalena dadkooda ayey la qabaan cabsida ah in aan nimankan xumaan layskaga caabbiyi[51] karaynin. Markay dadkoodii kula

[51] Caabi= difaac

noqdeen ee arrinta dhinac walba laga eegay, waxay ku daysteen in wanaaga laga raaco arrinka oo loo yeelo waxay doonayaan, balse shuruudo lala dhigto. Dabadeed waxay ku soo noqdeen goobtii martidu deggenayd.

- **Odayaashii**: Kol haddaad degeysaan; waxaannu dooranay in aad wanaag nagula degtaan, jirtoo aanay taasi ahayn jacayl aanu idiin qabno!

- **Martidii**: ¨Qudhayadu idin maannu waydiisan jacaylkiinna ee wax shurduudo ah ma nagu xidhaysaan?"

- **Odayaashii**: Shuruudahayagu ma yihiin qaar, macno leh oo aad tixgelinaysaan, mise wixii idinka cajabiya ayaad ka qaadanaysaan?

- **Martidii**: Haaheey, wixii aynu maanta ku heshiinno waannu tixgelinaynaa. Wixii aannaan aqbali karinna, waynu ka wada doodaynaa.

- **Odayaashii:** Haddaba shuruudo waannu idinku xidhaynaa!!

- **Martidii**: Oo maxay yihiin shuruudihiinu?

- **Odayaashii**: Shuruuddayada waannu sheegi doonnaa, waxaannuse rabnaa inaynu kala qoranno wixii aynu ku heshiino oo weliba lagu qoro *khad aan go'ayn iyo xaashi aan duugoobayn!*

- **Martidii**: Khad aan go'ayn waa la heli karaaye, sidee baa xaashi aan duugoobayn loo heli karaa?

- **Odayaashii**: Xaashida aan duugoobayn annagaa hayna oo waa haragga xoolahayaga oo la megdiyey![52]

- **Martidii**: Waannu idinka yeelnay, qofkii qorayeyna waa inoo diyaare, soo daaya shuruudiinna!

Odayaashii: Waxaannu rabnaa in ay shuruuddan soo socotaa inoo dhaxayso:

---

52 Megdin, magdin: meged ka dhigid, harag la hoolay oo la jilciyey

1. Inta aad nala deggentihiin waxaad tihiin martidayada ee kama mid tihidin muwaadiniinta dhulka "Dalsan"
2. Waa in aanay naagihiinnu ku dhalin dhulkayaga, maxaa yeelay ilmaha ku dhasha halkan lagama sheegan karo dhulkan. Qof walbana dhulkiisa rasmiga ahi waa meesha uu ku dhasho
3. Waa in aydun naga guurtaan mar alla marka aannu annagu sidaas doono
4. Waa in aydaan faraha la soo gelin habka aannu u noolnahay, hadday tahay dhaqan, diin ama daryeelka dhirta iyo xoolaha.

Martidii: hawraarsan[53]! intaas waannu idinka aqbalnay ee wax dadkiinna iyo dalkiinnu u baahanyihiin oo aad naga codsanaynaan, ma jiraan? Waxaannu diyaar u nahay in aannu dhibaatada idiinku daran wax idin kala qabanno e.

- **Odayaashii**: bal aan isku noqonno ee na suga ayey ugu jawaabeen. Dabadeed gaar ayey isula bexeen, waxayna is weydiiyeen, baahida ugu daran ee deegaanka ka jirta.

53 Hawraarsan= aqbalnay,

Waxay baahidaasi noqotay **biyo la´aanta**. Waxay ku heshiiyeen inay ka codsadaan in loo qodo ceelal biyaha ka haqabtira.

- **Martidii**: Taasna waannu idinka yeelnay oo waa hawsha ugu horraysa ee aanu idiin qaban doono. Waxananu idiinku daraynaa intaas aad naga codsateen; in aanu idinka difaacno cid alla ciddii debeda idinkaga soo duusha.

- **Odayaashii**: Sidaas ayaa inoo wacad ah. Annagu ballammada kama baxno. Maalinta aannu idin dhibsanno si cad ayaannu idiinku sheegaynaa.

- **Martidii**: Annaga qudhayadu uma baahnin in aanu ballan idinkaga baxno. Waxa had iyo jeer ballammada buriya dadka aan isku kalsoonayn.

Waxay kaloo martidu intaas ku dareen inay dhisayaan iskuullo ay carruurta reer Soofmaal wax barato.

- **Odayaashii:** Maya, maya, annagu wax barasho uma baahnin oo aqoon nagu filan waannu leennahay. Wixii naga dhiman ee xagga afka ahna, waxaannu u haysanna dad ku xeel dheer oo naga mid ah!

Heshiiska noocaas ah ayey odayaashi soo saxeexeen iyagoon ku faraxsanayn. Markii ay dadkii kula noqdeenna lama jeclaysan nimankaas joogiddooda. Waayo, joogistoodu waxay la macno tahay inay dhulka wax ku yeeshaan. Laakiin dadku kuma ay canaanan odayaasha arrinkaas, maxaa yeelay, way fahmi karayeen in aan doorasho kale jirin. *Laakiin hadday mustaqbalka wax ka ogaan lahaayeen, may oggolaadeen nimankaas* joogiddooda *dhibaato kasta ha kala kulmaane!*

Bulshadii reer Soofmaal way isku noqdeen. Waxay iska waaniyeen arrinka nimankaas, way isaga maahmaaheen, waxayna isu dardaarmeen in laga feejignaado[54].

Si gaar ah waxa laysugu ballamiyey carruurta iyo dumarka in laga fogeeyo martidaas iyo dhaqankooda. Waxa kaloo laysku ballamiyey in

[54] Feejignaan= Digtoonaan

indho gaar ah lagu hayo dadkaas oo wixii laga arko laysaga sheekeeyo.

DHADHAMI AAD KU DHIMATIDE!

Markii wax yar laga joogay heshiiskaas, isbeddel weyn ayaa laga dareemay deegaankii. Horta waa mide; biyo waxa loo helay si dhib yar oo dardarsi ah. Berigii hore marka la soo dhaansanyo, maalmo ayaa loo sii socon jiray ceelka, maalmana waa laga soo socon jiray. Xooluhuna sidoo kale maalmo ayey u sii guuli[55] jireen ceelka biyaha, maalmana way ka soo guuli jireen. Laakiin hadda meel walba ceel ayaa looga qoday. Dhaankii maalmaha maqnaan jiray, hadda saacado yar ayuu ku soo noqdaa.

Arintani waxay ku abuurtay dadkii wax garadka ahaa, laba dareen oo iska soo horjeeda.

Dhinac ahaan waxay ku farxeen biyahan ay ka haqab beeleen. Runtii biyuhu waa tiirka koobaad ee nolosha reer Soofmaal. Waxa laga raystay oonkii iyo aroorkii dheeraa.

Dhinaca kalena waxa werwer abuuray khasaaraha soo gaadhaya deegaanka. Marka koowaad waxa ceelasha laga sameeyey meelo isu dhadhaw, taas oo keentay in dadkii ku filiqsanaa dhulka ballaadhan ee Alle ku mannaystay, ay ku

[55] Guulid= Waa marka xooluhu habeen ku maqnaadaan meesha biyaha leh. Guulid iyo guushu way kala duwanyihiin.

soo ururaan aag yar oo kooban. Dadku iyagoo biyo helaya kama fogaan karaan ceelasha. Markaa dhulweynihii bilaa ceelasha ahaa waa layskaga yimid. Halkaas waxa kaga soo durkay umadihii reer Soofmaal la dersika ahaa oo aan iyagu haysan dhul sida "Dalsan" u wanaagsan. waxaaba dadka lays fahmi karo ka darnaa, dugaag xaddi[56] badan oo soo buuxiyey dhulkii laga soo guuray. Waxa dugaaggaas ka mid ahaa uguna darnaa bahalka loo yaqaan yey-ga oo ah bahal ciddii uu u haad helo haragga ka diiranaya.

Dhinaca kale, dhulkan lagu soo ururay wuu xaalufayaa[57] haddii la nasin waayo oo laga guurguuri waayo. Waxa ka nabaadguuraya, daaqii ka soo bixi jiray.

Waxa baaba'ya bilicdii[58] ay indhuhu ku raaxaysan jireen. Run ahaantiina maba ay raagin intii werwerkaasi xaqiiqo isu rogayey.

Nimankii martida ahaa waxay ka samaysteen meelihii ay degeen, dhismeyaal fool xumeeyey quruxdii dhulka. Waxay aad uga jareen

[56] Xaddi badan= tiro badan
[57] Xaaluf= Marku daaqu ka dhammaado dhulka
[58] Bilic= quruxdii

meelahaas dhirtii jarista ka caagganayd. Waxay bilaabeen inay dhirtii ka dhigteen xaabo ay dabka ku shitaan. Dhulkii saxansaxada[59] doogu ka soo fufi jirtay waxa ka soo baxay qiiq lagu xanuusanayo. Sabooyinkii[60] digo xoolaad mooyaane aan dabeecadda la tarrixi jirin, waxa is tuulay danbas sufur kugu dilaya. Waa muuqaal uu ka argagaxayo qofkii yaqaannay deegaankan.

Ceelashii biyuhu, faa'iidooyinkii ay keeneen ka sokow, waxay dhawaac weyn soo gaadhsiiyeen deegaankii. Dhulkii saxada miidhan ahaa wuxuu isu rogay bus iyo meelo siigo ka kacdo. Waxa taas ka sii daran; mashaakilka uu ka dhex abuuray dadkii reer Soofmaal. Markii martidu ay qodeen ceelasha waxay deegaanka u qaybiyeen zone-yaal.

Ceelkasta dadkii ku dhawaa waxay ku yidhaahdeen: "*idinkaa ceelkan iska leh ee dadka kale ka ceshada*". Waxay qolo walba siiyeen hub ay biyaha kaga ilaashaddaan ciddii soo doonata.

---

59 Saxansaxo= Udgoonka ka soo baxa dhulka robku helay ee dooga leh

60 Sabo= waa meelaha guriga hareerihiisa ah.B

Waayadii hore, waxa xeer u ahaa deegaanka in aan la kala lahayn biyaha iyo daaqa[61]. Dabcan xeerkaas cid beddeshay ma jirto. Markaas waxa dhacday inay ceelashii qaarkood biyuhu ka yaraadeen. Dadkii ka cabbi jiray ceelashaas waxay isku dayeen inay ku dhawaadaan ceelasha kale ee biyaha badan. Laakiin qolyihii hore u sii joogay ayaa gaashaanka[62] ku dhuftay oo yidhi; biyahan badan annagaa iska leh, idinkuna waa iska dhammayseen kuwiinnii. Markaa inaad annagana naga dhammaysaan ma aha biyahayaga ee aan halkaas kala joogno (xaafadi waxay xaafad ugu wareegtaa waa xasarad[63]). **Cajiib**!! Waa markii ugu horraysay ee ay reer Soofmaal wax kala sheegtaan!

Arintu halkaas kumay dhammaan ee qoladii kalena, dood ayey ka keentay go'aankan biyaha loogu diiday. Waxay xasuusiyeen xeerarkii[64] reer Soofmaal ee biyaha ku saabsanaa.

---

[61] Daaq= waa cuntada xoolaha ee aan dadku beerin
[62] Gaashaanka ku dhuftay= Diiday
[63] Xasarad= kibir, adyad, gardarro
[64] Xeer= Sharci lagu heshiiyey

Waxay u sheegeen in aan tan oo kale hore uga dhicin deegaanka Dalsan. Laakiin waxba waa laga garaysan waayey. Markaas waxa lagu kala tegey go'aan qir iyo qir ah. Qolo waxay is taagtay; "ama diidda ama yeela! annagu ceelashan markaannu biyo u baahanno waannu u soo arooraynaa, markay xoolayahagu oomaanna waannu u soo aroorinaynaa. Dhulku waa dhulkeenii inaga dhexeeyey weligeen. Biyaha dhulkeenuna way inaga dhexeeyaan". Qoladii kalena waxay ugu jawaabeen; *"haddaad u soo aroortaan[65], waxa ka noqonaysaan idinka oo ooman[66] oo nabad qaba ama aan nadab qabin, ama idinka oo cokan[67] laakiin aannaan annagu nabad qabin"*. ujeeddadu waa; bekeeri[68] kama daraysaan annagoo dhimanna mooyaane.

Markii la gaadhay kalkii xoolaha ayey qoladii ceelashoodu ka gudheen[69] soo qaateen wixii hub ay haysteen. Waxa la soo dareeriyey wixii xoolo

---

[65] Aroor= Marka xoolaha loo kexeeyo meel ay biyo ka soo cabaan

[66] Ooman= Biyo u baahan

[67] Cokan=Biyo ka baahi baxay

[68] Bekeeri=Waa koob quraarad ah oo shaaha ama biyaha lagu cabo.

[69] Ka gudheen= ka dhammaadeen

joogay. Waxana la soo qaatay wixii weel biyo lagu shubi karo la haystay.

Waxa lagu talo galay in biyahaa lagu cabo xumaan iyo wanaag tay noqotaba.

Go'aankaas looma kala hadhin carruur iyo cirroole, culimo iyo caamo. Sababtoo ah xeerka[70] reer Soofmaal ayaa dhigaya in aan biyaha iyo baadka[71] la kala lahayn. Wuxuu ka loo dhigayaa inay biyaha iyo baadku ka mid yihiin waxyaalaha lagula dagaallami karo ciddii kuu diidda. Xiitaa culimada diinta ayaa arrintaas u saxday. Qolyihii kalena waxay isu diyaariyeen inay si kastaba ku difaacdaan biyohooda. Iyaga qudhooduna culimada diinta ayey ka saxdeen, in layska difaaci karo, ciddii kugu soo duusha.

Markii laysu soo muuqdayba Xabbado[72] ayaa laysku furay,........baaw....baaw... jaf....jigigigig.... qac dhum........wiif.......wiif......wiif..... shug dham......hirrrrig!!!!!!. Malaq.... malaq

[70] Xeer= Sharciga wax la lagu kala xukumo

[71] Baadka= Waa daaqa xoolaha ee dhulka ka baxa

[72] Xabbad= waxay halkan ugu jirtaa xabbadda hubka ka soo baxda ee wax disha.

Maydkii reer Soofmaal ayaa ceelka sabadiisii sida maajeenta[73] isu dulfuulay. Maalintaasi waxay noqotay maalintii ugu horraysay ee dhiig colaadeed ku daato deegaanka Dalsan.

Guri walba geerida waa laga dareemay, waxana loo maleeyaa inay noqotay markii ugu horraysay ee baroorta[74] dumarku ka wada yeedhay dalka, dacal ka dacal. Dadka martidan baas ayuun baa kala qaybisaye, waa isku dad. Waxa laga yaabaa in qof keliya oo la dilay labada dhinacba looga baroorto.

Labada qoloba wuu beenoobay malahoodi. Odayaashii iyo dadkii nabadda jeclaa ayaa si dhakhso ah isu urursaday. Waxa shir laga waageertay dhirta hoostooda. Culimadii ayaa duco iyo waano ku waalatay. Waxa la furay shirkii. Qodobada laga doodayna waxa ugu muhiimsanaa sidii dagaalkan loo joojin lahaa, dibna aanu ugu dhici lahayn??

Go'aammadii ka soo baxay shirkaas ee ugu doorka roonaa waxay noqdeen:

---

[73] Maajeen= Waa caws si tiro badan uga baxa dhulka hawdka ah.

[74] Baroor= waa dhawaaqa laga maqlo dumarku markay ooyayaan

1. In aanay reer Soofmaal kala lahayn ceelasha biyaha.
2. in maamulka biyaha lagu wareejiyo nimankii ceelashan qoday, waa martidiiye!
3. in qoladan martida ahi ay la noqdaan, hubkii ay u qaybiyeen dadka reer Soofmaal, maadaamoo ay iyagu biyaha ilaalin doonaan.
4. in waxgaradka, odayaasha iyo culimda diinta laysugu keeno sidii ay uga faalloon lahaayeen isbeddelkan ku dhacay bulshda, wiixii keenay iyo sida loo sixi karo.

Markii qoladii martida ahayd loola tagay, loona sheegay go'aammada ka soo baxay shirkii, waxay kaga jawaabeen; inay labada qodob ee hore ka aqbaleen, qodobka saddexaadna ka diideen iyo in aanu qodobka afraad iyaga qusayn ee uu qoseeyo reer Soofmaal oo keliya. ujeeddadu waxa weeye; inay martidu biyaha maamulkooda la wareegayaan oo gacanta ku haynayaan, dadkuna aanay kala yeelan doonin ceelasha, iyo in aanay hubkii ay bixiyeen la soo noqon doonin. Waxay ku sababeeyeen qodobka dambe in aanay dhaqankoodaba ahayn inay la noqdaan wax ay hore u bixiyeen. "Gobtu[75] waxay bixiyeen kuma noqdaan" ayey yidhaahdeen! Markaa hubkaasi sidii uu nooga baxay ayuu nooga maqnaanayaa.

Mushkiladdii[76] ka dhalatay biyaha si ku meel gaadh ah ayaa loo xalliyey, laakiin mushkilado hor leh ayaa maalinba maalinta ka danbaysa ku soo kordhayay deegaanka. Dhalan-rogan weyn ayaa la dareemay.

Markii ay xaaladu kaba soo rayn weyday ayaa shirweyne laysugu yeedhay dhammaan waxgaradkii deegaanka. Qof kasta oo maskax, cilmi ama xikmad lagu tuhmayey waxa lagu casuumay inuu ka faalloodo isbeddelkan ku dhacay reer Soofmaal. Dabcan dumarka laguma casuumin shirkan. Sababta dumarka looga reebayna waa sababo dhaqan oo dumarka reer Soofmaal lagama qayb geliyo shirarka waaweyn ee bulshada. Taas macneheedu ma aha in aanay dumarku wax garad lahayn ee sidaynu horeba u sheegnay bulshadaas ayaa ku dhisnayd heerar kala duwan oo "ragannimadu" ugu sarrayso.

---

[75] Gob, Haddii la yidhaahdo dadkaasi waa gob, waxa loo jeedaa waa dad sharaf wanaag leh.

[76] Mushkilad= dhibaato

Markii geedkii shirka laysugu yimid, ayaa shirkii la furay. Sidii caadada ahayd duco ayaa lagu bilaabay. Dabadeed waxa sarakacay[77] odaygii ugu da'da weynaa deegaannada reer Soofmaal oo dhan. Wuxuu ka hadlay taariikhdii bulshada. Wuxuu ka hadlay nabadgelyadii ay weligood ku jiri jireen reer Soofmaal. Wuxuu ka hadlay barwaaqadii dhawr sano ka hor lagu jiray. Wuxuu ka hadlay bilicdii deegaanka, tii xayawaanka iyo quruxdii ugaadha iyo debed joogta ee indhuhu ku doogsan[78] jireen. Dabadeedna wuxuu waydiiyey dadkii; bal waxa keenay isbeddelkan. wuxuu yahay isbeddelka dhacay iyo sababaha keenay. Wuxuu ka loo ka codsaday qof kasta oo hadla inuu hadalkiisa ku daro talo ah sida loogu noqon karo noloshii wanaagsanayd iyo wakhtiyadii farxadda!

---

[77] Sarakacay= fadhiga ka kacay

[78] Indho doogsi= jeclaysi in la sii eego

HAYNAGA GUURAAN "GEED-ISMARISKU".

Markii ugu horraysay waxa istaagay nin sheekh ah, oo ay madaxiisa ka qotonto koofiyad dheer oo cad. Wuxuu ka hadlay balaayada ugu weyn ee ku habsatay reer Soofmaal inay gaadhay heer ay xalaashaddaan dhiigooda. Wuxuu ka hadlay in aanu weligii maqal qof reer Soofmaal ah oo dilay qof kale. Qof Bina-aadan ah kama suura gal ah, inuu qof kale nafta u xistiyo. Dugaagga[79] ayuun bay ka suura gal tahay arrintaasi. Laakiin dugaagga waa la fahmi karaa sababta uu u dilayo qof Bina-aadan ah. Wuxuu u dilayaa inuu quud ka dhigto ee waa maxay waxa ku kallifaya inuu qof Bina-aadan ahi, dilo qof kale oo Bina-aadan ah?

"Walaalayaal waxay nolosheenni ka tagtay heer sare, heerkii dadka, markaasay ka hoos martay noloshii dugaagga. Halkaasna waxa ina gaadhsiiyey, innagoo ka tagnay diinteennii suubanayd. Waxaynu raacnay shaydaanka oo cadaw u ah Bina-aadanka. Shaydaankuna cid kale ma ahee waa kuwan aad martida ku sheegaysaan. Mushkiladdeennu iyaga kama ay horrayn. Haddaynu hadda iska rari waynana, hoos ayey u dhigayaan qiimaheenna. Waxaynu is arki

[79] Dugaag= Waa bahalaha hilibka cuna.

doonnaa innagoo ka meeqaan[80] *liidanna xoolah. Markaa waxaan ku talinayaa inay dhakhso inooga guuraan ama aynu gacmeheenna kula dagaallano".*

Hadalka sheekha aad ayaa madaxa loogu lulay. Dad badan ayuu wax xasuusiyey oo gacmaha ayaa kor loo wada taagay.

Waxa hadalkii loo dhiibay wiil dhallinyaro ah. Wuxuna hadalkiisii u dhigay sidan:

"Anigu waxan ka hadlayaa waxa ku dhacay deegaankeenii quruxda badnaa. Waxan xasuusta markii ay inoo yimaaddeen nimankan "martida" lagu sheegayaa, iyadoo ugaadha iyo xooluhu is dhex daaqaan oo ay mar mar ugaadhu ka fara badantahay adhiga. Maanta way adagtahay inaad aragto xabbad ugaadh ah. Dugaaggii kala duwanaa ee aynu meel walba ku arki jirnay meeye? Waxay noqdeen wax la dilay, wax qaxay iyo wax dadka ka dhuumanaya.

Hubkan baas ee ay inoo keenen ayaa duur joogteennii dhammeeyey. Waxay ila tahay inaynu iska ururinno hubkan. Nimankanna waa inay inaga tagaan. Waa inay dhulkeenna inooga

[80] Meeqaan= heer

tagaan. Haddii kale innaga iyo xooleheenuba waxaynu u dhammaan sidii duurjoogtii iyo deegaankii u baabe'een, dabadeedna martidan "nuxuusta" wadata ayaa u hadhi doonta dhulkeenna".

Haddana nin kale ayaa is taagay. Wuxuu ka sii hadlay dhibka soo gaadhay deegaanka iyo dadkaba. wuxuu xusay sida dhirtii loo xagaafay[81]. Dhulkii shalay xidhadhka ahaa siday maanta u bannaan yihiin. Sida dhirtii xaabo looga dhigtay. Sida hawadii qiiq loogu qarribay. Waxa dhibka deegaanka ka daran, isbeddelka dadka soo gaadhay. wuxuu xusay dad intay iskaga tegeen ehelladoodii, la degay martida oo sii badanaya. Wuxuu ka digay inay sidaas ku wada danbayn doonaan reer Soofmaal haddaynaan maanta iska qaban "marti-ku-sheegta". Anigu marti uma arko ee **"saancad"** aayaan ku sheegi lahaa, ayuu yidhi ninkii. Wixii balaayo kuu horseedaaba waa saancad.

[81] Xagaaf= Jarida dhirta iyadoon la kala eegin waxbana laga reebin

Hadalki wuu soo socday, kolba nin ayaa loo dhiibay. Dadkii dambe oo dhami way iska dhaafeen inay qoladan ku tilmaamaan marti.

Waxay door bideen ereyo kale sida marti-ku-sheegta, saancadka iyo qaar kale.

Isbeddellada la arkay waxa lagu daray bahal dad qaad ah oo deegaanka ku soo kordhay. Bahalkani habeenkii ayuu soo dhacaa oo weli lama arag. Laakiin waxa lagu bartay inuu la dhaco[82] dadka, qofba qofka uu ka fiicanyahay ee uu ka ragannimo badan yahay. Dumarka ma cuno. Markii faalladii lagu dheeraaday waxa lagu daystay in bahalkan dad-qaadka ahi yahay marti-ku-sheegtan oo geed isa soo marisay. *" Sida loo kala shilisyahay uma cuno dadka ee waxa uu u cunaa sida ay u kala caqli badanyihiin",* ayuu ku soo afmeeray hadalkiisa.

Waxa aad laysugu qanciyey in aanay nimankani dadba ahayn ee ay yihiin dugaag dad iska soo dhigay. Runtii qodobkani waa xaqiiq aan markaas aad loogu baraarugsanayn laakiin dib ayey ka caddaatay inay dadkani yihiin qaar iska

[82] La dhaco= waa marka uu bahalku habeenkii qof kala baxo meesha uu hurdo

dhigi kara dadka ugu dhaqanka wanaagsan, mararka qaarna ay noqon karaan, dugaagga ugu khatarsan

Taladii shirku waxay ku soo ururtay in niman odayaal ah loo diro marti-ku-sheegta oo lagala soo shawro sidii ay dalka uga guuri lahaayeen.

Waxa la diray odayaashii si ay ula kulmaan madaxdii marti-ku-sheegga oo haddeer loo qabo inay bahalo *geed-ismaris ah* yihiin. Waxay si cad ugu sheegeen in dadkii reer Soofmaal iska soo taageen joogitaankooda, sidaa darteed ay ka codsanayaan inay iska guuraan. Waxay xasuusiyeen axdigii waagii hore la kala qortay ee dhigayey shuruudda ay ku joogi karaan.

Marti-ku-sheeggii isma bay dhibine, si qabaw ayey uga jawaabeen codsigii odayada. Waxay yidhaahdeen:

"Annagu waxba kama qabno codsigiinna eh; *bal haddaanu maanta idinka tagno yaa idin kala celinaya. Saw biyaha isku dili maysaan*?

Taasi waxay noqotay jawaab daw ah[83]. Waxay wada xasuusteen odayaashu, maalintii dhiigga iyo isku dhacii beesha dhexmaray. Runtii waxay ahayd xasuus naxdin leh. Waxay dhalisay in dib laysugu noqday. Markii arrinkii la rogrogayna waxa laysla qiray in martida joogiddooda dan wayni ugu jirto nabadgelyada. Dhinaca kale waxaa wax aan la qarin karin ahayd, sida reer Soofmaal ay uga niyad jabeen nimankan. Markaa waxa lagu heshiiyey in la helo xal dhexdhexaad ah.

Xalkaasi wuxuu noqday inay marti-ku-sheeggu sii joogaan ilaa muddo laysla ogyahay, si ay reer Soofmaal ugu tabobaraan dad iyaga ka mid ah oo barta "**xikmadda biyaha lagu maamulo**".

Heshiis noocaas ah ayey odayaashi kula noqdeen beeshii. Sidaas baana lagu qaatay go'aankii, maadaamoo xeerka reer Soofmaal dhigayo, in aan odayada lagu soo celin hadal. Dad badan ayaase shaki iyo calool xumo ka muujiyey heshiiskaas. Waxay u arkayeen inay sir qarsooni ka danbayso tababarka la sheegyo. Weligoodba

[83] Jawaab daw ah= Jawaab sax ah, jawaab gar ah oo meel laga dhaafaa jirin

waxay rabeen inay reer Soofmaal maskaxda ka maydhaan. Markaa, iskuulladii laga diiday waagay yimaaddeen, ayuun bay rabaan inay maanta hirgeliyaan. Fahanka noocaas ah waa laysla qiray. Laakiin doorasho ka fudud lama haysan. Waxa muuqatay bulshadii reer Soofmaal oo sii dumaysa, sababtuna ay tahay joogitaanka nimankaas. Markaa haddii la rabo in ummaddan dumid laga badbaadiyo, waa in la dedejiyo guuriddooda. Balse waa balaayo aan laga maarmayn. Habka keliya ee lagaga maarmi karaa, waa in la diyaariyo cid hawshoodii ummadda u qabata.

Sidaas oo ay tahay haddana dadkii waxbarashada ka qayb qaadanayey ayaa la soo xulay. Waxaa jiray shuruudo ay labada dhinacba ku xidheen tacliinta la bilaabayo.

Shurduudaha qolada martidu ay dhigeen waxay ahayd:

1. In dadka wax la barayaa ay noqdaan carruur da'doodu ka yartahay 10 sano. Maxaa yeelay dadka waaweyn hore wax looma bari karo. Waxay soo qaateen maahmaah ay martidu leedahay oo

dhahaysa; *"Ey wayn fadhiiso lama bari karo".*

2. In carruurtaas lagu hayo meelo ay martida oo qudhi joogaan oo laga fogeeyo meelaha ay reerohoodu deggenyihiin, wakhtiyada fasaxa mooyaane.
3. In tacliintaas ay wadaan ugu yaraan muddo 10 sano ah.

Qolyaha reer Soofmaal shuruuddoodu iyana waxay ahayd mid keliya oo iska fudud. Waxay rabeen in aan carruurta loo dhigin diin kale oo aan tooda ahayn. Waa laga aqbalay shardigooda, iyaguna way aqbleen shuruuddii "marti-ku-sheegga".

Maadaamoo dadka intooda badani ay shaki ka qabeen sirta martidu leedahay, way kala baqdeen inay carruurtooda u geeyaan. Markaa tiro aan badnayn oo carruur ah ayaa la qoray tacliintii. Haddayse dadku mustaqbalka wax ka ogaan lahaayeen, xiita ilmo qudha umay geeyeen!!

Dhalangaddoon iyo Barashadii geed-ismariska

Halkaas waxa ka bilaabantay, muddo tobaneeyo sano ah oo wax la barayey carruurta.

Tacliintan la barayey waxay u qaybsanyd laba nooc oo kala ah, tacliin muuqata iyo tacliin qarsoon. Tacliinta muuqataa, waa tii asal ahaan carruurta meesha loo geeyey oo ahayd; barashada luqado kala duwan, habka biyaha loo maamulo, xisaabta iyo culuun kale oo iska caadiya. Tacliinta qarsoon ee carruurta la barayey waxay ahayd mid sir ah oo iyaga mooyaane aan la oggolayn inay dadkoodu ogaadaan. Waana danta koobaad ee ay marti-ku-sheegga shisheeye lahaayeen. Waxa ka mid ahaa tacliintaaas qarsoon; dhaqanka martida oo loo qurxiyo carruurta iyo dhaqanka reer Soofmaal oo loo foolxumeeyo. Dhulkii martida oo loo ammaano iyo dhulka reer Soofmaal oo loo caayo. Isirka[84] dadka martida oo inuu qiimo weynyahay looga dhigo iyo dadka reer Soofmaal oo la liido[85]. Midabka martida oo qurux loogu sheego iyo midabka reer Soofmaal oo foolxumo loogu sifeeyo. Ku hadalka afka martida oo horumar loogu sheego iyo afka reer Soofmaal oo luqaddii dib u dhaca loogu sheego.

[84] Isir= asal, waa meesha laga soo farcamay
[85] Liidid= hoos u dhigid, xaqirid

Maadaamoo carruurtu ay aad u yaryarayd markii tacliintan loo bilaabay, si adag ayey arrimahaasi qalbigooda ugu daabacmeen. Waxa ka dhaadhacday in wax kasta oo xaga martida ka yimaaddaa ay metelayaan xadaarad iyo ilbaxnimo, wax kasta oo xagga reer Soofmaal ka yimaaddaana ay metelayaan dib u dhac iyo xayawaannimo.

Markii ay carruurti koreen ee loo arkay inay maskaxdoodu diyaar u tahay duruus culculus, waxa si qarsoodiya loogu bilaabay dhaqanka rasmiga ah ee marti-ku-sheegtu leeyihiin. Dhaqankaas oo ah ka loo yaqaan *geed-ismariska*[86] wuxuu ahaa mid bilawgiiba lagu tuhmay. Sidaynu hore u soo sheegnay, waxa deegaanka ku soo kordhay markii ay martidu yimaaddeenba, bahallo dadqaadyo[87] ah. Bahaladaas lama arko oo habeenkii ayey soo dhacaan, waxayna had iyo jeer la tagaan dadka markaas ugu firfircoon bulshada. Waxa arrintaas

---

[86] Geed is maris= Qofka oo intuu geed ismariyo, marna bahal noqda marna qof

[87] Dad-qaad= waa bahal dadka cuna oo sida caadiga ah habeenkii qaata

lagu macneeyey in martidan oo bahalo iska soo dhigtay ay cunaan dadka la waayey.

Runtii, malahaasi wuxuu ahaa mid dhab ah oo ay wax ka jireen. Waxay dhulkoodii kala yimaaddeen dhaqanka geed-ismariska oo marba wixii la doono layska dhigi karo. Geed-ismarisnimadu waa hub khatar ah oo lagula dagaallami karo cid alla ciddii laga baqdo. Waxa la isticmaalaa laba geed oo kala duwan. Labada geed mid ahaan, waxa lagu noqdaa kolba xayawaanka niyadda lagu qabto. Midka kalena waxa la isticmaalaa marka la rabo in dadnimada dib loogu soo noqdo.

Dhirtani kama baxdo deegaanka reer Soofmaal, markaa waa in si taxader leh loo isticmaalo, waayo? qori walba haddii mar lays mariyo mar labaad laysma marin karo. Geedka hore ee xayaawaanka lagu noqonayo, kuma filna in marka lays marinayo la niyeysto wixii la rabo ee waa in la barto xayawaan kastaba lambarradiisa gaarka ah ee lagu noqon karo.

Haddaba carruurtan reer Soofmaal waxa la baray oo keliya lambarrada "**yaxaaska**" lagu noqdo, maadaama ay biyo ka shaqayn doonaan.

Carruurtii waxa geed-ismarisnimada loo baray si xun oo aan cilmiyeysnayn. Si ay ugu suura gasho inay qaataan shahaado waxbarasho waa inay muujiyaan heerka ay ka joogaan geed-ismarisnimada. Waxa lagu qasbay inay iyagoo bahallo ah afkooda dhiig ku cabbaan siiba dhiig dad. Waxa jirta in geedismarisnimada layska jari karo, haddaan la cunin hilib dad. Laakiin haddii mar hilib dad la dhadhamiyo lagama maarmi karo geedsimarisnimada. Qofku wuu xanuusanayaa hadduu muddo ka raago dhiiga dadka.

Ardayda intoodii badnayd way yeeleen, sidaasna waxay ku qaateen shaahadadii ugu sarraysay. Kuwii diiday inay dhiig afkooda geliyaan, lama siinin wax shahaado ah oo ay kaga qayb qaadan karaan maamulka biyaha. Weliba waxa shahaado la'aanta loogu daray digniin adag oo dhahaysa; haddaad *war-sheekootaan*[88] waxa laydiin qoonsanayaa nolosha.

---

[88] War-sheeko= sheegsheegid waxa aan la rabin in la sheego

Dhinaca kale waxa deegaankii reer Soofmaal ku sii badanayey saxalkii[89]. Xoolihii way sii yaraanayeen. Dadkina waxay ku soo ururayeen meelihii ay "geedismarisku" deggenaayeen. Caafimaadkii dadku wuu sii xumaanayey. Faqriga iyo baahiduna waxay ku dhex faafeen dadkii beriga dhaweyd wada qaniga ahaa. Dhaqanguur xoogle ayaa ka muuqanayey dadka sawracooda[90]. Dadkii shalay isla hanka weynaan jiray, waxay maanta ka tuugsadaan irridaha martida shisheeye.

Run ahaantii kuwii shalay ku magacawnaa martida ayey maanta dadkii deegaanku martiyaan. Iyagu, marti-ku-sheeggu barwaaqo iyo dhereg ayey ku noolyihiin. Dhulka intiisii badnayd waxay ka samaysteen beero wax waliba ka baxaan, waxana uga shaqeeya dad reer Soofmaal ah oo xoolihii ka bexeen. Arrimahaasi waxay ka abuureen reer Soofmaal dhexdooda nacayb ay u qaadeen martidan shisheeyaha ah, *Geedismariska*.

---

[89] Saxalka= waa dhibaatooyinka, sida cudurada, abaaraha iyo colaadaha

[90] Sawrac= waa tilmaanta shay ama cid lagu garto

Waxa dhexdooda ka oogmay colaad aan habeen iyo maalin kala lahayn. Runtii isumay dhigmayn labada awoodood oo waxa sarraysa ta Geedismariska, laakiin waxay arrintu ka gaadhay reer Soofmaal:

"geeriduba marmar bay nolosha dhaantaa".

ama

" **Haddaad dhimato geeridu marbay nolosha dhaantaaye**

Dhaqashiyo marbay kaa yihiin dhereggu Xaaraane.

Kol haddaan nabaddu u soo celinayn noloshoodii barwaaqada ahayd, waxay door bideen inay ka qasaan nimankan barwaaqadoodii kala wareegay. Waxa la yaqiinsaday in aan reer Soofmaal nolol tan dhaantaa ugu imanayn, dagaal waxaan ahayn. Marti-ku-sheegtina waxay kaga jawaabeen kacdoonkaas, tallaabo adag. Qabqabasho ayey ku bilaabeen kuwii hormuudka ahaa. Jeelal dadka loogu xareeyo sida adhiga ayey samaysteen. Qof qofka ay u arkaan inuu reer Soofmaal kicin karana, isagoo la wad arkayo ayey deldeleen.

Reer Soofmaal waxay ficilladaas ka sii qaadeen uun nacayb iyo firfircooni hor leh. Waxa laysku guubaabiyey gabayo iyo heeso kala duwan oo muujinaya dhibka jira. Dareenkii dadku cirka ayuu isku shareeray. Waxa ka mid aha xikamadihii lays wada gaadhsiiyey:

"Nin hawd degeyoo
harraad ku diloo
Biyaha laga heegayaan ahay

Horweyn nin watoo
hadhuub u sitoo
hashiisa irmaan
ha maalin la leeyahaan ahay!"

Dadku waxay rabeen in dhulkooda looga baxo. Waxay baasaysteen marti-ku-sheegta. Waxaad moodaysay in aragtidooda isku si loogu wada daabacay.

Waxa ka mid noqday halqabsigii halgankooda:

"Dadkaa dhawaaqayee
dhulkooda doonayaa
Ilaahayoow u dhiib!"

Iyadoo xalaaddaas lagu jiro ayey ardaydii ka qalin jebiyeen tacliintii. muddadii loo qabtay inay martidu kaga guuraan dalkana way dhammaatay. Markaa waxa laysu diyaariyey maalmo taariikhiya oo damaashaad iyo raynrayn leh.

Waxa la qabtay xaflad weyn oo isugu jirta xil kala wareeg ay marti-ku-sheeggu maamulka biyaha ku wareejinayaan, iyo guurid ay kaga guurayaan dhulka reer Soofmaal. Habeenno dhan ayaa farxad iyo ciyaar lagu soo jeeday. Waxa aad loogu farxay culayskan ka dul kacay beesha. Waxa layskugu wada hambalyeeyey in saxalkii baxay oo saancadkii guuray. Waxa la wada fishay in qabawgii iyo barwaaqadii ku soo noqon doonaan deegaanka iyo dadkaba. Dareenkii meeshaas ka jiray marnaba hadal lagagama sheekayn karo. Haddaad goobtaas joogi lahayd, waxa ku saaqi lahaa qiirada dadka iyo ilmada ka hibitiqaysa, farxad darteed.

Waxaad meel walba ka maqlaysay iyagoo isugu tahniyadaynaya:

"Dadkayoow kuududkiyo
kallifkii ka baxnee
Kadabaa dhaha eeey!"

Marnaba kuma ay xisaabtamin inay soo fool leedahay xaalad ka xanuun badan tii ka soo martay shisheeyahan guuraya. Sidaas darteed kuma bay ducaysan in xalaaddan Ilaahay ugu beddelo mid u dhaanta. Muddo dheer ayey ducadooda ugu badani ahayd;

"Ilaahayoow kuwan meel uun noo dhaafi". Markaas maanta ayaa la wada yaqiinsaday in Ilaahay soo aqbalay ducadaas iyada ah.

Waxa la soo wada xasuustay dhammaan wixii xumaan ay ku tilmaanaayeen iyo wixii magac xun ay ugu yeedhi jireen. Saxalka, saancadka, geed-ismariska iyo magacyo kaloo badan ayaa heesaha lagu dhexdaray.

Waxa ka mid ahaa halhaysyadii lagu damaashaadayey[91]:

"Waa mahad Allee
Maantaba haddii
aad muquuniseen
Maalootigii
meesha daran ka yimid"

[91] Damaashaad= xaflad iyo ciyaar farxadeed

Amaba hadalladan:

Cudurrkii weeyoo ....
Cadawgii guuryee ...
Nabadiyo caano ....
Aynu ku ciidno...
Aynu ku ciidno...
idinkuna ciida....
annaguna ciidnay!

Waxan filayaa haddii iyagoo sidaas u faraxsan, inyar mustaqbalkooda daaqad laga tusi lahaa, inay naxdin darteed sarajoogga kuwada qallali lahaayeen.

Saxalkii ma bixine siidh buu beertay

Martidii guuraysay intii aanay anbabixin waxay sameeyeen dhawr arrimood oo ku saabsan xil wareejintooda. Waxa ay tilmaan ka bixiyeen sidii dabadood loo maamuli lahaa biyaha deegaanka. Tusaale ahaan waxay sameeyeen:

1. Inay ardaydii shahaadada ku qaadatay geed-ismarisnimada u kala qaybqaybiyeen xilka ceelasha kala duwan, si kooxiba ay hal ceel u maamulaan.

2. Ceelasha oo dhan waxay u magacaabeen nin dusha ka wada haysta. Ninkaas waxay ku doorteen inuu ahaa ninkii ugu geedismarisnimada badnaa ee shahaadada ugu sarraysa ku haystay jeclaanta marti-ku-sheegga iyo nacaybka dhaqanka reer Soofmaal.

3. Waxay dardaaran la galeen ardaydii xilka la wareegaysay. Waxay ku dhaariyeen distuurka geedismarisnimada iyo dhaqanka martida. Waxa ugu muhiimsanaa dardaaranka ay u soo jeediyeen ardaydooda oo ahaa:
   - Inay dadka reer Soofmaal ka qariyaan geedismarisnimadooda, iskuna

muujiyaan kolba sida ay dadku jecelyihiin.

- Inay aad isaga xakameeyaan cunitaanka hilibka dadkooda, iyagoo ka maarmi waaya mooyaane. Waayo hilibka dadku waa macaan, qofkii hilibka dadkiisa bartaana ma maamuli karo mustaqbalka.

- Waxay kaloo u xaqiijiyeen inay oggolaansho u haystaan soo gelidda waddankii martidu ay ka yimaaddeen oo goortay u baahdaanba iman karaan, una soo guuri karaan hadday doonaan.

- Laakiin waxa ugu muhiimsanaa dardaaranka, inay dadka reer Soofmaal u dhigaan wixii la baray. Waa inay si tartiib tartiib ah uga hurgufaan dhaqankooda dib u dhaca ah. Waa inay afka xadaaradda ku hadlaan oo ay illoobaan kooda. Waa inay gaadhsiiyaan beesha oo dhan heerka ay iyagu gaadheen! Waxayna u tilmaameen inay carruurta awoodda saaraan!

Dardaarankaasi muu ahayn wax su'aalo ka furnaayeen ee wuxuu ahaa mid amar iska ah, ardaydiina duuduub ayey ku liqeen.

Iyaguna waxay ku adkeeyeen macallimiintooda codsasho ah in dhirta lagu bahaloobayo ay la ogaadaan. Ballanqaad noocaas ahna way heleen laakiin waxa lagu xidhay shuruud ah in aanay iyagu, *arday ahaan*, ka bixin wacadkii la dhigtay iyo waxyaalihii la soo baray.

Waxayaalaha la soo barayna waxa ka mid ahaa inay ardaydu siman yihiin oo aanay macallimiintu u dulqaadan karin inay iyagu isu xoog sheegtaan laakiin dadka kale ee reer Soofmaal waxay ula dhaqmi karaan sidii ay doonaan.

Sidaas ayey martidi ku guurtay. Maalmo dhan ayaa damaashaad laga bixi waayey. Meel walba waxaad ka maqlaysay mashxaradda haweenka oo laba dhacaysa.

Sidaas ayuu xilkii deegaanku ugu wareegay ardaydii wax u soo baratay. Waxa la wada fishay inay neecaw[92] qaboobi ka soo gasho halkii ay ka bexeen shisheeyuhu. Waxa laysku waaniyey in la wada dhisto dhulka oo aan cidna lagu hallayn, ilaa inta laga gaadhayo barwaaqadii iyo qabawgii lagu jiray ka hor imaatinkii marti-ku-sheegta.

Indhihii sida goonida ah loogu eegayey shisheeyaha hoos ayaa loo laabay.

Warmihii la haystayna dhulka ayaa layska dhigay. Laakiin waxa muddo yarba lagu dareemay hanfi kulul, oo ka soo baxaya dhinaca dadkii xilka loo dhiibay. Wax alla wixii lagaga cabanayey marti-ku-sheegtii guurtay, waxba kamay beddelin qolada cusubi. Waxaabay la soo bexeen gedo cusub oo aan hore loo aqoon. Qoladii hore dadku way u sinnaayeen oo reer Soofmaal may kala sooci jirin, laakiin kuwani dadkii way kala soocsooceen.

Qaarba qaar ayey ka horkeeneen, si ay dano gaar ah u fushadaan. Muddo yar ayey dadkii boqolaalka sano is jeclaa, iska soo wada horjeesteen. Waxa la odhan kara wixii ay dadka shisheeyaha ahi samayn kari waayeen boqol sano, ayey kuwani wakhti yar ku hirgeliyeen.

---

92 Neecaw= waa laydh macaan oo soo dhacda, wakhti kulayl lagu jiro

Waayadii hore ciddii ka soo horjeesata marti-ku-sheegta, si qarsoodi ah ayey uga takhallusi jireen, dabadeed waxa la odhan jiray; **geedismaris** ayaa cunay iwm. Laakiin qoladan cusubi tiiyoo la arkayo ayey dadkii laayeen. Tiiyoo la arkayo ayey xoolihii la wareegeen. waxaaba taas ka sii daran, biyihii loo tababaray inay u maamulaan dadka, ayey ka iibiyeen. Qofkii xoolo ka waraabsan lahaa iyo kii naftiisa u cabbi lahaaba, waxa lagu qasbay inuu soo qaddimo biyaha qiimahooda.

Waayadii hore waxay dadku xor u ahaayeen inay dhibta haysata ka hadlaan iyo inay wax ka sheegaan marti-ku-sheegtii shisheeyaha ahayd. Laakiin hadda taas waa laga mamnoocay.

Weliba waxa laga doonay inay ammaanaan ardayda markasta oo ay biyo dhaansanayaan. Dadkii dhabanka iyo gacanta ayuu isa saaray. Xaaladdii laga soo baxay ayaa loo wada xiisay.

Waxa dib loo soo xasuustay wakhtiyadii barwaaqada ee ka horreeyey martidii guurtay. Jaho wareer iyo cabasho ayaa ku baahay deegaankii oo dhan. Waa loo adkaysan waayey cabudhintii iyo cadaadiskii "arday isku sheega". waxaad moodaa in dulqaadkii loo lahaa qoladii guurtay, aan loo lahayn qoladan cusub.

Banaanbaxyo[93] lagaga soo horjeedo maamulka cusub ayaa maalin walba laysugu soo baxay. Waayadii hore marka nafta loo yaabo waxa isu iman jiray dadka waxgradka ah ee deegaanka, laakiin immaka cid isu iman kartaa ma jirto. Nimanka maamulka hayaa ma oggola in loo shiro. Haddii qarsoodi loo shiri lahaana dadkii isma aaminayaan, oo waxay ka baqanayaan inay qaarkood u shaqeeyaan maamulka. Waxay dadka ka dhex samaysteen basaasiin. Waxa dadka afkoodii ka soo wada baxay ereyadan xogwarranka ah:

"Wadnahaa I saranoo
Sambabadaa I qalanoo
Dhiiga saydhinaayee!"

Halka aad marar badan oo kale maqlaysay ereyadan garnaqsiga u eeg:

"Haddii sahan go'doomoo
Geedo doonayaan
Gaajiyo harraad
Hadday gabax noqdaan
Qaar meel u sii galay

---

[93] Banaanbax= Mudaharaad

Hadday gawracaan
Garta Ina Sanweynaaa
loo geysan jiraye
Gaasiraay innaga..innaga yeyna kala guraayaa?"

Markii cabashooyinkii dadku gaadheen heer aan la xamili karin ayey qolyihii ardaydu is khilaafeen. Qaar badan oo markii horeba aan raalli ka ahayn ninka loo doortay hoggaanka ugu sarreeya, ayaa damcay inay ka faa'iidaystaan niyad jabka dadka. ujeeddadoodu ma ahayn in dadka laga daayo waxay ka cabanyaane, waxay rabeen inay dadka awrkooda ku kacsadaan[94] si ay iyagu jaanis ugu helaan maamulka deegaanka iyo dhiig miirashada dadka. arrintaas waxay keentay inay ardaydii kooxo yaryar u kala jajabaan. Qaybtii taageersanayd ninka ugu sarreeya, waxay dooneen inay sii xejistaan xukunkooda.

Waxay sii kordhiyeen cadaadiskii. Qofkii ardayda ka mida ee jixinjix[95] laga dareemo way ciqaabeen. Aakhirkii waxa laga adkaaday ninkii

[94] Awrkooda ku kacsadaan= danahooda ku fushadaan
[95] Jixinjix= beer jileec, naxariis

haystay maamuulka iyo taageerayaashiisii. Waxa hoggaankii beesha iyo biyahaba la wareegay nin ka mid ahaa ardayda kuwa ugu xariifsan xagga geedismariska. wuxuu weligiiba isu qabay inuu ka xariifsanaa ninkii ka horreeyey isaga laakiin ay ka eexdeen marti-ku-sheegtii shisheeyaha ahayd. wuxuu isu qabay inuu leeyahay awood uu ku dhalan rogi karo bulshada reer Soofmaal.

Kud ka guur oo qanjo u guur

Odaygan cusub waa lagu soo dhaweeyey xilka. Waxay dadkii reer Soofmaal u arkeen nin u dhaama hoggaankii hore oo nasteexooda wada. Sidii u caadada ahayd ayey farxad iyo damaashaad bilaabeen. Maalmo dhan ayaa dabbaaldeg[96] laga dhammaan waayey.

Waxa lagu heesayey:

"Waa baa beryey
Bilicsan
Arooryo baxsan
Maalin bokhran……………"

Sidii waagii ay marti-ku-sheegtu tageen oo kale ayaa laysu guubaabiyey in hiil iyo hooba laysla garab taago maamulka cusub. Waa in aan maanta loo kala hadhin. Waxa aad laysu xasuusiyey hadafka ay higsanayaan reer Soofmaal oo ah inay barwaaqadii iyo qabawgii dib ugu soo laabtaan.

Ardayda kuwii ka soo horjeestay ninkan cusub oo ahaa intii badnayd, way kala firxadeen. Qaarkood dadka ayey iskaga dhex dhuunteen. Qaarkood, waxay u baxsadeen waddankii

---

[96] dabaaldeg= xaflad iyo xusid maalin ama wax la qadarinyo

macallimiintooda. Intoodii badnaydna waxay door bideen inay bahalnimo ku noolaadaan oo intay dhirtii is mariyeen ayey noqdeen **yaxaasyo** biyaha hoostooda ku nool. Waxan filayaa inaad weli maanka ku hayso, tacliintii ugu muhiimsanayd ee la baray ardaydii reer Soofmaal, *Geedismariska*.

Ninkii odayga ahaa ee reerka u hadhay waxa la soo daristay isla markiiba hawl adag. Isla markiiba taageeradii shicibku way gudhay[97], balse gacan bir ah ayuu muddo ku sii hayey dadka. Gacantii birta ahaydna hadda way iska daciiftay, markii ay kooxdii ardaydu is khilaafeen.

Markaa si uu gacanta ugu sii hayn karo deegaanka oo dhan wuxuu go'aansaday arimo badan. Waxa ka mid ahaa in ceelasha ku yaal deegaanka reer Soofmaal oo dhan la wada aaso mid mooyaane. Waxa deegaanka ka jiray ceelal tiro badan, waxana laga soo reebay ceelkii ugu waynaa ee ugu biyaha badnaa. Ceelashii kale dhulka ayaa lala wada simay, inkastoo biyahoodii hoosta looga faruuray ceelkan shaqaynaya.

---

[97] Gudhay= yaraatay ama dhamaatay

Arrintaasi waxay cidhiidhii sii gelisay noloshii dadka. Waxay kaloo sahashay cadaadintii iyo kontoroolkii lagu hayey. Shicibkii waxay adoonsi ku muteen dhulkoodii, isla dadkoodiina way ka muteen. Alla Ciil weynaa……. Tanba yaa sugaayey…….Waa aakhiru samaankii[98] laga sheekaynayey!

Dhinaca kale haddaynu eegno, wixii ku dhacay reer Soofmaal, waxa laga wada maqlay dacallada adduunka. Warkii wuxuu meeshoodii ugu tegay macallimiintii geed-is-mariska ahayd, runtiina kumay farxin. Waxay si gaar ah uga xumaadeen is khilaafka ku yimid ardaydoodii. Waxay kaloo ka xumaadeen fashilanka ku yimid mashruucoodii ahaa dhalanrogga ee ay ku talo galeen.

Iyagu wax dan iyo muraad ah kamay lahayn, wixii dhib soo gaadhaya shicib weynaha reer Soofmaal laakiin ardayda waxay ku tirinayeen dadkooda maadaamoo ay dhaqankoodii qaateen. Waxay u arkayeen jaaliyad ”geedismariska” ka mid ah oo ku dhex nool reer Soofmaal, maadaamoo ay dhaqankoodii u sii fidinayeen.

[98] Akhiru-samaan= waa wakhtiga aduunku rogmasho ku dhawaado

Runtiina sidaas way ahaayeen. Markaa may jeclayn in qof dadkooda ka mid ah meelkasta ha joogee uu dhawaac yari soo gaadho. Haddaba markii ay u caddaatay inay "arday ku-sheeggu" ka bexeen ballankii iyo axdigii ay galeen, waxay macallimiintu go'aansadeen in loo jaro xidhiidhka. Halkaas waxa ku joogsaday dhirtii geedismarisnimada ee ay soo dhoofin jireen. Taasoo soo dedejisay kashifankii ardaydooda.

Nimankii arday ku sheegga ahaa talo ayaa ku caddaatay. Dhirtii dhammaad ayey ku soo dhawaatay. Hadday isticmaalkeeda, iska dayn lahaayeen ma suuragelayso oo way qabatimeen. Qofkii dhirtan qabatimaana inuu mar dambe ka fuqaa way adagtahay. Gaar ahaan wax rajo ah malaha, hadduu qofku dhadhamiyo dhiigga dadka. Haddii ay iska sii wataan isticmaalka oo ah doorashadooda keliya, waxay dhibi ka joogtaa marka qoriga ugu dambeeya lays mariyo. Yacnii...Kolba sida la noqdo markaas ayuun baa lagu jirayaa ilaa qori kale la helayo.

Haddaba markii ay gabaabsi[99] noqotay dhirtii, ayuu duqii meesha ugu sarreeyey la wada

---

[99] gabaabsi= gebogebo, dhammaad

wareegay intii hadhay. Asxaabtiisii kale wuu ka mamnoocay inay la wadaagaan. Taasi waxay ka sii cadhaysiisey baaqigii sii taageersanaa ee arday-ku-sheegga ka midka ahaa. Qaarkood way iska aqbaleen. Qaarkoodna way ka dacwiyeen go'aankaas. Qofkii wax ka xadi karayeyna wuu ka xaday. Isaguna cafaw uuma gelin ee gawrac ayuu ku sukuumay[100] qofkii uu daacad-darro ka dareemo.

Maalintii dambe ayuu isagii qorigii ugu dambeeyey is mariyey. Wuxuu noqday bahal yaxaas ah oo aan weynidiisa weligii isagoo kale la arag. Wuxuu leeyahay ciddiyo aad mooddo mindiyo iyo miciyo debedda u soo baxsan. Dadku marka ay eegaan way garanayaan inuu ninkii odayga ahaa yahay. Haddana kuma suurayn karaan qof Bina-aadan ah. Marka ay la hadlaan wuu u jawaabayaa, isaguna wuu la hadlayaa. Qofna kuma dhaco inuu hadal la soo doonto, laakiin qofkii uu isagu doonaa ma diidi karo. Run ahaantii argagax ayaa dadkii ku dhex faafay. Waxayna ugu magac dareen **Yaxaas-dad-u-eeg**!

Markii warkiisu meel walba gaadhay ayuu dadkii isugu yeedhay. Wuu iska dhex taagay.

---

100 Sukuumay= qoorta ka jaray, gawracay

Wuxuu u soo jeediyey khudbad aad u dheer oo naxariis darro ka muuqato. Wuxuu u sheegay hadday siduu rabo yeeli waayaan, in aanay sinaba u noolaan doonin. Waxa hadalkiisii laga fahmay ereyadan:

"waxba ha argagixina. Haddaad argagaxdaan iyo haddaydaan argagixin waa isugu kiin mid. Meel aad qaban kartaan ma jirto oo ceelashii kale waan soo wada xidhay. Haddii aad is dejisaan oo aad aqbashaan in aan anigu idin leeyahay dad iyo duunyoba waxba idinkama xumaanayaan. Haddaad dhimataanna jannadii fardawsa ayaad madaxmadax u wada gelaysaan.

Waxba aduunka layskuma dhejiyo oo waad ogtihiin sida diintu u cayday adduun jacaylka. Haddii aan maalkiinna doono waa in aad igu soo wareejisaan. Haddaan biyaha idiin diido waa in aad ii ducaysaan. Haddaan sida xoolaha nool idiin qalo waa inaad sacabka ii tuntaan".

Hadaladaasi waxay dadka dhegohooda ugu dhacayeen sidii dubbe lagu garaacayo oo kale. Tiiyooy sidaas tahay ayuu haddana ka doonay inay u sacab tumaan. Waa loo sacab tumay. Markaa ayuu sii watay hadalkiisii:

"Aniga waad i garanaysaan oo hebel hebel ayaan ahay, intu magaciisa sheegay. Madaxii ardaydaan ahay. Maamulihii biyahaan ahay. Mudanihii ummaddaan ahay. haddii aad ii yeeshaan waxa aan doonayo, idinna waad iga helaysaan waxa aad doonaysaan. Idinku waxaad doonaysaan nabadgelyo iyo biyo, aniguna hilib dad oo aan ku quraacdo, subax kasta ayaan doonayaa. Haddaan anigu wanaag idinkaga waayo waxan doonayo, idinkuna wanaag kuma helaysaan waxaad doonaysaan. Waan dareensanahay in aan wax weyn idinka doonay, oo subax walba in qof lay garto oo beerkiisa laygu quraaciyaa, wax yar ma aha. Markaa waxan soo jeedinayaa inaynu meel dhexe isugu nimaadno. Idinku waxaad helaysaan biyaha ceelka oo aad xoolihiinna ku iibsataan! markii aad doontaanba. Aniguna waxan doonayaa sannadkii hal mar, markaan dhalashada buuxinayo inaad hal qof ii sadqaysaan oo aan hilibkiisa ku dul faataxaysto. Sannadka intiisa kale kalluunka iyo hilibka xoolaha ayaan isku tahbiibi[101] doonaa inkastooy igu adagtay!"

Dadkii iyagoon raalli ka ahayn ayey aqbaleen warkaas, maxaa yeelay waxay ka baqeen

---

[101] Tahbiib= Cunto aanad rabin isku qasbid

dhibaato intaas ka sii wayni inay qabsato. Iyagoo aqbalay dulliga intaas leeg ayaan haddana nabadgelyadooda kale loo ballan qaadin. Argagixis joogto ah ayaa qof walba gurigiisii ugu galay. Umad dhan ayaa maxaabiis ku noqotay deegaankoodii. Isla dadkooda qaar ka mid ah ayeyna maxaabiis ugu noqdeen.

Odaygii **Yaxaas-dad-u-eeg**, wuu iska samray intii uu sannadka buuxinayey oo ay muddo yari uga hadhsanayd markaas. Markii la gaadhay maalintii uu dhashay ayaa loo abaabulay xaflad loogu dabbaaldegayo dhalashadiisa. Xafladda maamulkeeda waxa uu u daayey dadkii caadiga ahaa iyo odayaashii reer Soofmaal. Waxa loo soo xidhay wiil aabbo iyo hooyo laawe ah oo uu ku sanuunad gooyo. Ragga maamulayey hawsha ninna kumuu dhiirranayn inuu ilmihiisa ama ilmaha walaalkii gawrac u soo xidho. Waxay u qabeen inay dadka looma ooyaanka ah ku badbaadsan karaan carruurtooda. Laakiin markii sannadkii labaad soo galayba, wuxuu odaygii muujiyey in aanu ku qanci karaynin qof keliya, laba iyo toban bilood oo dhan. Wuxuu codsaday in **bil** walba hal qof loo qalo.

Dadka reer Soofmaal arrintaa codsi umay arkayn ee amar ayey u qaateen sidaas darteed way isaga saxeexeen, iyagoo ka baqaya inay dhibaato intaas ka wayni soo gaadho. Waa maxay dhibaatada biyo la'aan ka weyni?

Sannadkii hore arrinta wuu kala tashaday dadka, kii labaadse fariin ogaysiin ah ayuu ugu sheegay wuxuu doonayo. Ta kale xafladdii hore ee sannad guuradiisa waxa qaban qaabiyey dadka oo dhan, laakiin hadda waxa hawshii la wareegay ardaydii saaxiibbada la ahaa iyo askartii ay samaysteen.

Sannadkii saddexaad way sii xumaatay arrintu. wuxuu amar cad ku bixiyey in **wiig** walba loo loogo hal qof. Waxa uu qabaa ilaa hadda 1 qof+12 qof+ 52 qof= 65 qof. Cajiib! Sidaas oo ay tahay, dadka intoodii badnayd sabir ayey xigteen. Rajo ayey dhawrayaan[102] weli. Waxay ka cabsi qabaan inay rajadu ka sii fogaato ama dhibtu ku sii batado hadday is dhaqdhaqaajiyaan. Laakiin abwaaniinta iyo ragii moorada ku xeesha dheeraa way arkayeen in aanay ka soo rayn lahayn. Way ka hadleen darxumada la mutay. Waxayna saadaaliyeen inay ummaddan reer Soofmaal ku

[102] Dhawrayaan= sugayaan

soo socoto musiibo aanay hore u arag. Waxa ka mid ahaa xikmadaha laysku daartay:

Maantana Siciidow waqtigu, saamaxaad malehe
Moorada salkeediyo xalaan, sugay malluugtiiye
ufurtaa madow ee dayaxa, saaran baan garane
Dhiig buu sidaa waqalkan, aad sagalka mooddaaye
Siigada dhacaysaa rag bay, sabibi doontaaye
Waa layna kala saarayaa, subax aan dheerayne

Sannadkii afraad arrimuhu way ka sii dareen. wuxuu odaygii ku dhawaaqay; in wiiggu kala fogfogyahay oo aanay soconayn inuu toddoba cisho ka qatanaado, hilib uu maalin kasta heli karo.

Halkaas waxa ka bilaabantay in subax walba qof nool lagu quraaciyo. Ayaamihii hore caadi ayaa subax walba qof loogu keeni jiray. Haddii aan subax walba qofkaas oo nool gacanta laga soo gelin muunida hore, maalintaas biyo afkaas lama gelinayo. Reer Soofmaalna biyo kama maarmaan; dad iyo xoolo toona. Xooluhu waa caws iyo biyo ku nool, dadkuna waa cad iyo caano ku nool.

Markii muddo koob iyo labaatan cisho ah, subax walba qof kawaanka la soo saarayey, ayey dadkii u adkaysan waayeen. Sabirkii ummaddu wuu soo gudhay. Waxa la yaqiinsaday inay nolosha noocan ah geeridu dhaanto.

Waar maxaynu yeelnaa? Iyo dee aynu dilno Yaxaas-dad-u-eeg, ayey talo dhaafi wayday. Laysma waydiin waxa ka danbayn kara haddii ninkan la dilo. Waxa la wada fishay in xaalad kasta oo ninkan soo beddeshaa ay dhaami doonto sidan. Xiitaa martidii oo soo noqota ayaa kala fiicnaatay xukunka ninkan. Oo maxaa ka xun inaad subax walba qof aad jeceshahay, sidii xoolaha gawrac u soo xidho?

subaxdii dambe ayaa hiirtii warmo lala soo kallahay. Odaygii oo u hamuun qaba wax ka jebiya safradda[103] subaxii, ayaa ku baraarugay dadkan warmaha kula soo haliilaya[104]. Dad qamaamaya[105] oo uu ciil ku raagay ayaa isu waydaartay. Debedda ayaa ceelka looga soo

---

[103] Safrad= baahida subaxdii la qabo, intaan la quraacan

[104] Lagula soo **haliilay**= Lagula soo booday, lagula soo cararay

[105] Qamaamaya= wax ku yaacaya

tuuray lafihiisii. Wax kale kuma garatide waa laga takhallusay!

Markii la hubsaday in aanu dhaqaaq ku hadhin ayaa farxad lala kala daatay. Ilaahay ayaa la mahadiyey. Waa laysu wada tahniyadeeyay. Waxa lagu dhawaaqay in ducooyin la dhigto. Waxa la gawracay boqollaal xoolo ah oo kala duwan. Maalintaas waxa loo dhergay si aan beryahaas la arag. Biyihii waxa loo bulqaasay si loo ciil qabay. Maryihii waa laga maydhay. Waa lagu dabbaashay. Waana lagu noqnoqday. Dabaaldeggii la bilaabay markii laga takhallusay odayga oo ahayd mina subax waxa la waday ilaa habeenkii. Mashxaradda iyo ciyaarihii ayaa kala demi waayey. Dhawaaq farxadeedka iyo jiibtiisuba waxay maalintaas ahaayeen:

"WAA BAAYEHEENEEE..
BADHBADHAADHNAY
Badhbadhaadhnay!

Waxaad moodaysay inay dadkani gaadheen nimco aan dib looga baxayn. Runtiina dadku sidaas ayey u qabeen.

Waxay u qaateen inay inkaartii[106] dushooda saarnayd iska rogeen. Laakiin hadday mustaqbalkooda dhaw, daaqad ka sii arki lahaayeen; cunto kama ay degteen, hadalna kamuu soo bexeen afkooda. Waxay la hagoogan lahaayeen murugo. Waxay u wada luudi[107] lahaayeen sidii qof buka!

Aakhirkii waa la kala hoyday. Wakhti dheer ayaa ka soo wareegay markii sidan oo kale loogu seexdo dhiillo la'aan. Habeen walba waxa lagu seexan jiray, su'aasha ah: *"toloow yaa berri loogan?"* Subax walba waxa lagu waabariisanayey yaayuul[108] iyo *"saakana kumaa qalan"?* Laakiin maanta waxa dhabowday arrin shalayto riyo u ekayd. Waxay dadkoo dhami ku taamayeen inay waaberiga gaadhaan si ay u dareemaan, maalin aanu adduunka joogin duqii *Yaxaas-dad-u-eeg*. Waxay rabeen inay ka cabbaan ceelka biyo aanay siisan qof bilaa denbiya dhiigiisa. Hiirtii hore ayaa dhinac walba lagaga soo kallahay ceelkii. Alalagta iyo farxad la rayraynta ayaa dhinac walba isaga baxday.

---

[106] Inkaar= habaar

[107] Luudid= waa socod qunyar ah, waa sida uu qofka xanuunsanayaa u socdo

[108] Yaayuul= niyad xumo iyo werwer

Waxaad mooddaa in dadka xadhko laga furfuray, siday ugu degdegayaan dhinaca ceelka. Laakiin waxay kula kulmeen sabadii ceelka waxay indhohoodu rumaysan waayeen!. Dhinac walba waxa kaga gadaannaa bahalo yaxaasyo ah oo aan midina mid la socon. Dadkii way wada joogsadeen iyadoo qof waliba indhihiisa ka shakiyey. Waar miyaan riyoonayaa?........dhega! ....Dee mayee waa dhab. Wakhti dheerba may qaadan intii xaqiiqda lagu qancayey. Kow......laba.......sadex.......afar.......shan.........lix...ila a kow iyo laabaatan yaxaas ayaa laga tiriyey.

Ma xasuusataa in arday-ku-sheeggii qaar badani ka dhuunteen odaygii laga takhallusay iyo raggiisii?? haaa!! Bahalahani waa hadhaagii ardayda oo biyaha ku hoos dhuumanayey. Waxa hortaagnaa odaygii Yaxaas-dad-u-eeg oo ay ka baqanayeen. Kol hadduuse meeshii ka baxay waa baayahooda!. Welibana qaar badan ayaa qarsoon oo kuwan muuqdaa ay hor taaganyihiin.

Mid kasta oo iyaga ka mid ahi wuxuu gaarkiisa u rabaa in subax walba loo keeno qof uu cuno. Haddii sidaas la yeeli waayo, ceelkan cidina biyo kama cabbayso. Haddii siday doonayaan la yeelana, maalin keliya ayey ku cunayaan intii weligeed hore loo cunay oo kale! Cajiib!! oo markaa ma cid baa hadhaysa?

Dadkii soo qamaamayey waxay warkaas oo dhan ku heleen daqiiqado gudahood. Dabadeedna sidii adhi diday ayey mar keliya dhabarka jeediyeen. Qofna wuu haleeli[109] waayey inuu qofka kale wax waydiiyo. Qof waliba wuxuu ku itaalay halkii uu kaga soo kallahay reerkiisii dad iyo duunyo. Haddaad arki lahayd waxa orod ka dhacay dadkaas, waxaad moodi lahayd inay hawadu siddo. Laakiin iyagu waxay isu qabeen in aanay cagahaba qaadayn. Naxdinta iyo argagaxa ayaa dareenka noocaas ah iska leh. Markay jidhidhico isku kaa taagto tin iyo cidhib, ma dareemaysid wuxuu jidhkaagu samaynayo.

[109] **Haleeli** waayey= ka gaadhi waayey

WADDADII HALAAGGA

Orodkii waxa lagula dhexdhacay dadka intii aan ka warqabin balaayadan cusub. Waxa laysku daartay dareen xanuun kulul oo ah in aanay jirin, wax la sugaa. Waxaaba laga baqayaa inay Yaxaasyadu qof walba gurigiisa ugu yimaaddaan. Haddiiba se ay Yaxaasyadu ku eekaan lahaayeen biyaha dushooda oo ay halkaas uun ka ugaadhsan lahaayeen ciddii ugu timaadda, waxaan jirin meel kale oo biyo laga heli karo. Sidaad xasuusantahay dadkan reer Soofmaal iyo xoolohooduba waxay ku noolyihiin biyaha iyo baadka dhulka. Markaa isweydiinba may lahayn in loo jihaysto meeshii biyo iyo baad leh ee lagu nabadgelayo.

Laakiin waxa habboonayd in la is waydiiyo meeshu xagga ay xigto iyo waddada loo sii marayo. Nasiib xumo laysma waydiin labadaas arrimood oo waxa loo qabay in la wada garanayo. Dhammaan dadkii iyo xoolohoodiba Waxay u wada jihaysteen jiho keliya, waxayna cagta saareen waddo keliya.

Waddadu halka ay ka bilaabanto waxa ku qornaa xarafka "**H**" oo farwaaweyn ah. Xarafkaasi cidna kamuu qarsoonayn oo qof waliba wuu arki karayey wayni darteed. Laakiin si loo fahmo waxa uu u taaganyahay kuma ay filnayn aragtida indhaha oo keliyi ee waxa loo baahnaa aragtida *"maanka"*. Balse aragtidaas waxa ka madoobeeyey dadka reer Soofmaal, argagaxa iyo darxumada ay soo mareen. Run ahaantii laba Caliba ismay waydiin waxa uu u taaganyahay xarafkan ku qoran waddada bilawgeeda. Way jireen dad tiro yar oo ama culimo ahaa ama abwaanno ahaa oo isla markiiba qiyaasayey wuxuu u taaganyahay. Laakiin dhawaaqoodu toos umuu gaadhayn dhegaha dadka. Mana ay haysan awood ay ku joojin karaan dadkan qaxaya ee sida mawjadaha badda u dullaamaya.

Abwaannada iyo culimada qudhooda ayaan lahayn awood ay naftooda kaga reebaan mawjaddaas iskaba dhaaf inay joojiyaane. Waa la wada xiimayey. Waxa lagu taamayey[110] in dhakhso loo gaadho meesha ay waddadani tagto oo laga filayey in biyo iyo baad loogu tegi doono. Waxa laga roorayey harraadka dadka iyo xoolaha. Waxana lagu wada taamayey in biyo la gaadho ka hor inta aanay dhammaan wixii weelka ku sii hadhay iyo in biyo lala gaadho xoolaha intaanay dhaafin kalkooda[111]. Laakiin haddii ay ogaan

[110] Taamayey= lagu fekerayey in la gaadho, lagu hammiyayey

[111] kalkooda= xilligii ay xooluhu cabilahaayeen

lahaayeen waddadan waxay darxumo ku mudan doonaan, wadooyin kale ayey ka fekeri lahaayeen. Jidkan waxa magaciisaba la yidhaahdaa, "**Waddadii halaagga**". Weligeedna lama sheegin cid qaadday oo farxad ku gaadhay dhammaadkeeda. Xarafkii ku qornaa halkii ay ka soo bilaabmaysayna wuxuba u taagnaa "Halaag" ama waddadii halaagga. Laakiin nasiib xumo dadku may helin xogta waddadan ilaa ay xaqiiqada dhadhamiyeen!

Qaxootigii ayaa is daba taxmay. Dusha ayaa laga wada rarnaa. Siigada ka kacday sunsunka[112] xoolaha ayaa hawada isku shareertay oo qof walba indhaha ka gashay.

Basaqbasaqdii iyo degdeggii, waxa bahalaha looga tagey dad iyo duunyo badan oo tamaro iyo wakhtiba loo waayey. Run ahaantii cidna kumay soo dhacayn inay dib jalleecaan.

Waa la socday! Waa la socday!! Oo waa la socday........ Ilaa meelba la gaadhi waayey. Marba waxa dadka isu muujinayey bidhaan aan jirin, laakiin marka la soo gaadho ayaa la ogaadaa inay

---

[112] Sunsun= Markay xoolo badani wado keliya is daba galaan

dhalanteed[113] ahayd. Maalmo ayaa la soconayey. Waxa laysku sasabayey inay soo dhawday meeshii loo socday ee biyaha lahayd. Meeshii ay waddadani gelaysay. Biyihii yaraa ee lala soo qaxay way dhammaadeen. Cedceedina way kululaatay. carruurtina way gaajootay. Cuudkii[114] iyo cid walibana way daaleen. Laakiin meel la degaa ma jirto. Waxa lagu sii dedaalay in geeddiga la sii wado iyadoo laysku guubaabinayo:

Geeddiga wadaay
guushi way dhawdaye
geediga wadaay!

Waxa la bilaabay in xoolihii biyo laga daydo. Inta neefka la qasho in uuskiisa wixii dheecaan ku jira la miirto. Marka uuska la dhammaystana, dhiigga oo ka caaganaan jiray reer Soofmaal ayaa la bilaabay in la cabbo. Dabcan! biyo qudha lagama dhigane cuntana waa laga dhigtay. Wiigag dhan ayaa sidaas loo soconayey. Mar walba rajada ayaa la soo dhaweysanayey. Waxa laysugu

[113] Dhalanteed= dhalaan habaabis, wirwir/widhwidh, waa muuqaal marka cedceedu kulushay la moodo biyo laakiin marka la dulyimaado la waayo.

[114] Cuudka= waa xoolaha nool ee cadkooda iyo caanahoodaba la la dheefsado

markhaati furayey in jidka intiisii badnayd la soo gooyey. Ha yeeshee dad badan iyo duunyo badan ayaa jidkii ugu soo dhintay darxumo iyo daal.

Xoolihii gabaabsi ayey ku dhawaadeen oo wax dhintay iyo wax la dhuunyaday ayey noqdeen. Laakiin nasiibku dadka muu simine, qaarna xoolihii hore ayey uga dhammaadeen qaarkna wax baa u hadhay bilawgii. Ninkii wax yari u hadheen waxa la gudboon inuu ku faro-adaygo, maxaa yeelay safarku wuu dheeryahay. Qofka isagoon ogayn inta la sii socon doono, iska bixiya xoolihiisa yar, waa nin naftiisa iyo nafaha reerkiisaba dil u xidhay. Dhinaca kale; dadka ay xoolihii ka dhammaadeen waxa u xoolo ah uun, inta yar ee kuwa kale u hadhay. Si ay nolol ugu gaadhaan ceelka lagu socdo, waa inay dadkan waxooda la qaybsadaan wanaag iyo xumaan kay noqotaba. Qofka axsaan waxba ku waaya ee aan isku deyin inuu xoog isticmaalo, waa qof naftiisa iyo nafta ehelkiisaba geeri ku xukumay.

Xalaadda noocaas ah waxa ka dhashay in jidka laysku boobo. Waxa ka dhashay in jidka laysku sii dilo. Qofka wax boobayaa waa inuu dilo ciddii is hor taagta si uu u gaadho ujeeddadiisa. Qofka la boobayaana waa inuu wax dilo si uu u difaacdo xoolihiisa. Sidaas oo ay tahay dadku isuma qabaan inay saxanyihiin. Way ogyihiin inay khalad wayn ku jiraan, laakiin meel looga baxaa ma jirto. Xiitaa waxa laga waraystay culimadii inay kutubaha fiiriyaan. Culimada intoodii badnaydna waxay dadkii u tilmaameen baabka "Naruurada[115]", wayse jireen qaar ka gaabsaday haba yaraadeene.

Waayadii hore hadday cidi wax is gaadhsiiso, waxa mushkiladda xallin jiray odayaasha. Laakiin hadda marka ay dhibaato dhacdo waxa laysugu jawaabaa; *"Ha la dego".* Waxa kaloo soo kordhay is kala sooc. Berigii hore dadku isku mid uun bay ahaayeen. Reer Soofmaal uun bay ahaayeen. Laakiin markay baahidi badatay, intii xigaalo ahaydba dhinac ayey isu soocatay. Halkaa waxa ka bilaabmay cudur bulsho oo hor leh. Haddii qof xoolo laga boobo qaraabadiisa oo dhan ayaa u hiilinaysa. Haddii qof la dilo qaraabadiisa oo dhan ayaa u aar doonaysa.

Waxa loogu soo aarayaa qofkii wax dilay ama qof xigaalkii ah. Waxa la soo dhacayaa kii wax

[115] Naruuro=daruuro, waa erey u taagan in wax xaaraan ahaa xalaaloobayaan haddii baahi aan laga maarmi karayni timaado

dhacay xoolihiisa ama ku xigaalkii ah xoolihiisa. Nasiib darro dheh!

Qaxii iyo socodkii halkiisii ayuu ka sii socday. Marba marka ka danbaysa ayaa xawaaruhu sii kordhayey. Bilo iyo bilo ayuu boqoolku is daba taxnaa. Xoolaha intii hadhayna way dabargo'day. Laakiin dadka gaajadii iyo haraadkii kamay dabargo'in!!. Marba dhalanteed[116] meel ka muuqday ayey biyo moodaan, markaasay ku qamaaman, ***saa waa dhalanteed!*** Dad badan ayaa gaajo iyo harraad jidka lagag tagey maydkooda. Aakhirkii waxa bilaabantay in lays cuno. Waxa bilaabantay in carruurta layska boobo oo cunto laga dhigto. Qof walba dhulkii ayaa ku yaraaday!

- Ma safarka ayuu ku dhakhsadaa?
- Ma cunto ayuu raadsadaa?
- Mise naftiisa ayuu ka ilaaliyaa in cunto laga dhigto?

Sidaas oo ay tahay, haddana lama rajo dhigin. Waxa la arkayey in dhibaatada laga bixi doono. Waxa la rajaynayey in uu reer Soofmaal u soo noqon doono wadajirkii iyo is jacaylkii. Waxa la wada dedejiyey socodkii. Waddadii way

[116] Dhalanteed= widh-widh, dhalaan habaabis,

dheeraatay. Wakhtigiina wuu dheeraaday. Intay bilo ka gudubtay ayey sannado gaadhay. Marba marka ka sii danbaysana xaaladu way ka sii xumaanaysay.

Waxa la gaadhay heer aan qofna ka dhaaran karin hilib dad. Xiitaa culimadii waa la waydiiyey oo qaar badan ayaa tilmaamay inuu baabkii "Naruuradu" furanyahay.

Waagii hore markii ay dad-qalashadu bilaabantay, wuxuun baa is qalan jiray dadka kala fog ama colaaddu ka dhaxaysay. Laakiin aakhirkii waxa la gaadhay heer aan qofna qof bixin. Runtii waxa dadkii ku yaraaday dhulkii ay dul soconayeen. Gaajo iyo naxdin ayaa lala wada dhuubtay. Hurdo la´aan ayey indhihii la wada gudheen. Basaas iyo darxumo ayey timihii dumarka uga wada go'een. Raggii sidii dugaagga ayey gas iyo dhogor yeesheen.

Waa la socday......... waa la socday......... oo waa la socday oo meelba waa la gaadhi waayey. Maalintii dambe ayaa meel fog laga arkay bidhaan. Waa laysu tilmaamay.

Alla! Bal eega!!........

Waa maxay waxaasu.........

Wexee……
Waxaaas……..
Haaaa…… waa magaalo………
Maaha………..
Way tahay………
Maaha…………..waa maxay haddaaa?
Mooji!!.

Runtii Farxad ayaa dadkii saaqday. Waxa lagu wada qancay in la soo gaadhay meeshii waddadu u socotay. Al-xamdulillaah!

Waa lagu soo degdegay. Markii loo soo dhawaaday ayaa si fiican loo arkay. Alla! Waa tabeelle……. Alla! waa boodh……..haaa…. waa run.

Sidii ayaa lagu soo gaadhay bidhaantii. Waa boodh weyn oo ay wax ku qoran yihiin. Waxa ku qoran far waaweyn oo qof waliba akhriyi karo. Runtiina waa la wada akhriyey. Shoog iyo naxdin ayey dadkii afka kala wada qaadeen. Sidii looxyo qallalay oo kale ayey isu wada taageen. Waxa meesha ku taallay kelmad uga nixisay si aanay weligood u nixin. Waxay ahayd kelmad ku ridday quus aan weligood soo marin. Runtii indhohoodu way rumaysan waayeen. Waxa ku qornaa tabeellaha:

"**Saaxiibayaal! Waddadani meel ma tagto**!"

Bal qiyaas! sida ay dareemeen. Bal sawiro caynka ay u eekaadeen. Anfariir ayaa lala wada fadhiistay. Dadka qaar ayaanay naftuba dhulka la gaadhine sidii geed u dhacay. Carruurtii yaryarayd markay arkeen qusta ka muuqatay wejiyada waalidkood ayey oohin bilaabeen. Markii hore waxa carruurta lagu sasabi jiray: *"imakaynu gaadhaynaa guryeheenii"*, laakiin maanta cidina way ka jawaabi wayday oohintii carruurta. Afarta kooneba waxa isaga baxay jalaadkii carruurta. Dadka waaweyn qudhooda oohin iyo murugo kuma ay yarayn. Laakiin ilmayn iyo qayloba hore ayey uga soo dhammaadeen. Immaka qof waliba gaarkiisa ayuu kaga barooranayaa kelmadahan:

"Wadnahaa I saranoo......
sanbabadaa I qalanoo.....
dhiig saydhinaayee".

Waa markii ugu horraysay ee dadka reer Soofmaal ay quustu wada saamaysay. Waa markii ugu horraysay ee qof wayni uu xubin jidhkiisa ka mid ah dhaqaajin waayo, quusasho iyo rajo la'aan darteed. Laakiin hadday ogaan lahaayeen siday naxariista Ilaahay ugu dhawday may quusteene, nafahooda ayey ka beddeli lahaayeen waxa ka horjooga.

Reer Soofmaal waxay hadda soo gaadheen sagxaddii[117]. Boqol sano ka hor waxay nolosha ka joogeen meel aad u sarraysa. Laakiin sannadba sannadka ka dambeeya ayey dalcado iyo naslado ka soo dhaadhacayeen ilaa ay hadda soo gaadheen meeshii ugu hoosaysay nolosha. Darxumo iyo dacas dheh!. Waxa la gaadhay heer sida maydka ay cidina xarako hidin[118] wayday. Dhawaaq aan boohin[119] ahayn in laga maqlo, waxay noqotay mustaxeel[120]. Qofna muu suuraysanayn inay dhibaato adduunyo u hadhay ummaddan. Laakiin waxa soo shaacbaxday dhib kale oo ku kelliftay inay dib u dhaqdhaqaaqaan. Waxa dadkii soo weeraray bahalo lagu shabahay "yey".

Markii la talaxgabay, ayey afarta koone isaga habarwacdeen dugaag oo dhami. Bahalan muddo badan ayaa warkooda la hayey. Ma xasuusataa,

---

117 Sagxad= gunta, waa meesha ugu hoosaysa meel godan

118 Hidin waa= samayn kari waayid

119 Boohin= oohin

120 Mustaxeel= wax aan suura gal ahayn

waagii ay marti-ku-sheegtu, timid geyiga reer Soofmaal? Waatii ay ceelashii la eeday u qodeen reer Soofmaal. Ceelashaas kuma ay baahinin dhulkii ballaadhnaa ee Dalsan ee waxay ka qodeen meelo isu dhaw oo kooban. Markaa dadkii waxay ku soo urureen meeshii ceelasha laga sameeyey. Dhulkii waynaa ee quruxdiisa aynu ka sheekaynay waa layskaga yimid. Dabadeed dhulkii waxa soo degay bahalo habar-dugaag ka mid ah oo khatar ah. Markii ay dhulka wanaaggiisa arkeenna waxabay dooneen inay ku sii durkaan. Laakiin waxa iska hor taagay geed-is-mariskii shisheeye iyo geed-ismariskii sokeeyey ee yaxaasiinta noqday. Labaduba yur ayey ku yidhaahdeen. Kolse haddaanay jirin maanta cid yur[121] ku odhan kartaa, way soo dhiirradeen. Waxa hubaal noqotay, weedhan caanka ah:

"dhidarkuba[122] xabaalaa
uma dhaadheceenoo
kuma dhiirradeen ruux
dhawaaq celin karaayee".

---

[121] Yur= waa dhawaaq lagu joojiyo bahalaha wax cuna.

[122] Dhidar= waa bahal waraabaha u eeg kase yar oo si khatar ah wax u cuna. Xabaalahana dadkuu kala soo baxaa.

Bahalahani marka ay dadka soo dhexgalaan, si guud waxba uma yeelaan. Laakiin qofkii "Yur" iska yidhaa, way diirtaan sida yeyda oo kale. Waxay kaloo dadka ka dhex qabsadaan qofka weli jidhkiisa dux-subag ka sii muuqato. Markii la arkay facaa'ilka dugaaggan ayaa dadkii dareen cusubi galay. Waxa la yidhi; "**waar haddii la dhimanayo dhareerkaa layska duwaaye**" aynu meesha ka kacno. Qiiro hor leh ayaa laysku daartay. Waxa lays xasuusiyey arrin waa hore la illoobay oo ah; in aan naxariista Alle laga quusan. dhammaan wixii rag ahaa ee u hadhay umnadda dhan, ayaa shir isugu yimid. Waxa la raadsaday geed shirka lagu qabsado illeen dhirtii dhulka way ka dhammaatee. Runtii waxa dadka murugo ugu filnayd inay dhulkoodii wada kaymaha ahaan jiray, ka waayeen geed ay ku hoos shiraan!

Aakhirkii waxa la helay geed damal[123] ah oo gurmago´an[124] ah oo ku habboon shirarka, waana la fadhiistay. Shirkan rajada laga qabaa ma weyna, waxase lagu qanacsanyey in aan rajo ka danbaysaaba jirin. Sidaas darteed Qof waliba wuu ku qasbanyahay inuu tago, mana jiro qof iskaga bixi kara; hadday wax kastaa dhacaan. Qofkii u

[123] Damal= Waa geed weyn oo hadh badan
[124] Gurma go'an= Waa geed meel bilaa dhir ah ku yaal

badheedha inuu shirka ka baxo, wuxuu la mid yahay qof naftiisa ku xukumay *"si xun"* u dhimasho.

Waxase jirta in ragga oo dhami ay godob kala tirsanayaan. Ninna uma qabo ninka kale inuu nasteexo keeni karo. Nin walba xoolihiisii wuxuu u tirinayaa nin meesha jooga. Nin waliba qof qoyskiisa ah hilibkiisii, ayuu mid kale oo shirka jooga ku tuhunsanyahay. Nin waliba nin kale oo jooga ayuu dirqi naftiisa kaga badbaadiyey oo cunto ka dhigan gaadhay. Markaas suuragalba may ahayn inay is aaminaan raggani.

Markii uu shirki furmay, waxay wax u dheceen sidaas aynu sheegnay. Marka qof u hollado[125] hadalba waxa afka kaga soo booda qaar aan aaminsanayn inuu ninkaas khayr ka soo bixi doono. Marka nin afka kala qaadaba waa lagu celiyaa hadalka. Sidaas ayaa saddex cisho lagu jiray. Laba kelmadood oo lagu heshiiyeyna ma jirto. Iska daa heshiise, nin keliya looma oggolaan inuu rito wadhidiisa!. Boqol jeer in ka badan ayaa gacanta laysula tegey saddexdaas cisho. Lamase kala tago, maxaa yeelay, waxaa lagu wada qancay in haddii shirkan lagu kala tago, aanay ka

[125] Hollasho= u soo kicid

danbayn rajo laysugu soo noqdaa. Waa bilawgii dhammaadka reer Soofmaal.

Dumar talo ma laga deyey

Dhinac walba arrimuhu way iska soo xidhxidheen. Ninkii hadlaba waa u hadal baas oo afkaa la goosanayaa, aamuskana waxba laguma oga. Quus ayaa hareeraysay raggii. Waxaad mooddaa in qof walba loo sheegay warkii geeridiisa oo hadhaysay. Iyadoo sidaas ay xaaladdu u murugsantay, ayey farriin aan la filayni soo dhacday!

Mar keliya ayuu sida jeleska dhegohooda ugu dhacay, dhawaaq ka soo yeedhay wiil yar oo ku taagnaa geedkii ay ku shirayeen dushiisa. Shib ayaa la wada yidhi. Sharqantii dadka iyo gurxankii codkooduba isku mar ayey sidii dhibic roob oo go'day isu taageen. Qofna kamuu qaadin gacmihiisa, halkii ay yaalleen ka hor intaan la maqlin dhawaaqan lagu kogay. Iyadoon qofna dhaqaajin xubin jidhkiisa ka mid ah ayaa indhaha kor loola wada raacay laanta sare ee uu dhawaaqu ka soo baxayo. Haddaad arki lahayd dadkaas, waxaad moodi lahayd, inay awood ka xoog badani ku qasabtay inay u jeestaan xagga sare. Indhaha ayaa lala raacay laamaha geedka, markaas ayaa sida tooshka loogu wada qabtay wiilka yar ee laanta ugu sarraysa ku fadhiya.

Wiilku qiyaastii waa toban jir, weligiina sidan oo kale uumay soo fiirin indho sidaas u tiro badani. wuxuu ku sigtay inuu ka soo dhaco geedka baqdin daraadeed. Wuxuu isku dhejiiyey laamihii oo ay gacmihiiba u qaban waayeen. Hadduu ka soo siiban lahaa, dhulka kuma ay soo sinteen naftu. Maxaa yeelay, geedku aad ayuu u dheeraa. Indhaha badan ee soo eegaya ka sokow, waxa yarka baqdin geliyey muuqaalka wajiyada ragga oo ay diif iyo basiiradi[126] ka muuqatay. Daamankooda waxa buuxiyey timo isku baxay oo aan muddo sanawaad ah, loo helin wakhti lagu qurqurxiyo.

Shib!! Sssssss!!!!!!!

Jabaqdina way go'day. Sanqadh waxa ugu badan ta laga maqlayo dabaysha iyo ruxanka dhirta. Weli ma aragteen xukun maxkamadeed oo muhiim ah marka lagu dhawaaqi rabo, sida ay u dhugtaan dadka uu quseeyaa? Sidaas oo kale ayaa loo wada hanqal taagayey.

Waxa la wada sugayaa; in mar kale la maqlo kelmaddii uu ku dhawaaqay yarku. Weli waxa ka

[126] Basiirad= baahi iyo ilxumo loo jeedo, busaarad

qaylinaya dhegahooda dawankii kelmaddaas. Laakiin fahanku wuu soo qaban la´yahay, wixii ay ahayd. Indhuhu xagiisa ayey weli ku laalanyihiin. Qof walibana gaarkiisa ayuu isula hadlayaa, isaga oo isweydiinaya:

"Waar...heedhe, maxay ahayd wixii yarku ku dhawaaqay?

Waar! wax weyn ayey mushkiladda ummadda haysata ka tari lahayde, maxay ahayd?"

Yarkii wuu yaqiinsaday inuu isagu dadkan soo jeediyey, waxa kaloo u caddaatay in boqollaalkan af ee juuqda gabay ay isaga jawaab ka wada sugayaan.

***Cajiib**, toloow xageebuu ka bilaabaa?*

Afka ayuu u kala qaaday hadal. Markaas ayaa indhihii lagu sii wada caddeeyey. Dabadeedna hadalba wuu ka soo bixi waayey.

iiiiiin..... iiiiin..... iiiiin!!! Wax aan ahayn, waa laga waayey.

Markaas ayuu nin aynigiisu dhexdhexaad ahaa, si lama filaan ah isu taagay isaga oo aan mar qudha indhaha ka sii dayn wiilka yar. Ku ye:

"Adeeer*.... Adeer, bal noogu celi hadalkii aad haddeer tidhi!".*

Dabadeedna mar keliya ayuu gurxanka raggu isku darmaday labada dacal ee geedka. Waxaad mooddaa inay dhammaantood carrabka ku hayeen su'aashaas iyada ah, laakiin ay ka soo bixi la'ayd.

WIILKII YARAA: waxan idhi; "Ragga toodii aragnaye, Dumar tamarin mooyee, **weli talo ma laga dayey**?

Mar alla markii si fiican loo maqlay odhaahdii yarka, ayaa buuq lala wada oogsaday.

Al!......Alla!!......waar ma maqlaysaan....
..dhega---- Aga....
aar ba'a........ heey..... waar yaadhaheen!!!!

Laa xawla walaa quwatiin illaa billaahi....

Al-xamdullilaah.......

Allahu akbar...........
oooooo...aaaaa........uuuuuuu

Waar ma intaasaynu garan waynay.
Meeshiba way uugaantay. Waxa sidii idaacado codkooda laysku furay, ka soo burqaday afafkooda ereyada kala duwan ee lagu cabbiro fajacaadda iyo yaabka. **Cajiib!!!..... Cajiib!!!..... Cajiib!!**

Neef weyn ayaa ka soo wada booddday raggii. Waxaad mooddaa in maskaxdooda, dabool ku xidhnaa laga furay. Waxaad mooddaa in indhahooda caad ku dahaadhnaa laga dulqaaday. Waa markii ugu horraysay ee ragga deegaanku ay kelmad isku waafaqaan muddo sanawaad[127] ah. Xiitaa in kelmad macneheeda isku dareen laga muujiyaa waxay la mid tahay muwaafaqo taariikhi ah.

Qaylo farxadeed ayaa laysku wada daartay. Dad badan ayaa ku qamaamay si ay u koraan oo ay wiilka uuga soo dejiyaan. Yarkii waa la soo dejiyey. Waxana loo diiday in dhulka la dhigo.

Ma aragtay ciyaartooygu markay guulaystaan sida dhulka looga qaado, sidaas oo kale ayaa

[127] sanawaad= sannado badan

yarkii laysugu wada dhiibay. Qosolaa.... Qaylo aaa..... farxad aa....... lagama sheekayn karo dareenkii halkaas ka dhacay.

Waar aamuusa.........waar aamusa...... Waar fadhiista..........waar fadhiista...... waar fadhiista ....waar Nebiga ku salliya ayaa ka soo ha'dhay odayaashii.

Aakhirkii waa la wada fadhiistay. Aamuskiina dib ayuu u soo noqday. Laakiin aamuskani wuxuu ahaa mid ka duwan aamuskii hore. Immaka farxad ayaa dadka wejiyadooda ka muuqata. Farxaddani kama ay dhalan inay gaadheen xalkii ay raadinayeen ee waxay ka dhalatay inay garteen cidda ku habboon inay xalka raadiso. Waxay garteen inay markii horeba cid qalad ahi xalkan raadinaysay. Waxa is taagay nin ka mid ahaa raggii meesha ku shirsanaa. Wuxuu waydiiyey ragii inay jiraan cid wax ka qabta fikrada wiilka yar ee odhanaysa; *"dumarka ha loo daayo xalka ummaddan"*?

Dadkii mar qudha ayey cod midaysan ku yidhaahdeen: mayaaa........ Waannu taageersannahay in dumarka xalka loo daayo. Dabadeed ninkii ayaa hadalkii sii watay, isagoo ka codsaday wiilkii inuu bal sharrax ka bixyo sida dumarka loogu wareejinyao xal raadinta ummadda reer Soofmaal?

Wiilkii wuu istaagay isaga ood mooddo inay hadda cabsidii ka ba'day. Dhiirrigelintu sidaas ayey u wacantay oo qofka haddii la majeerto[128], qajilaadda iyo baquhu way ka baxayaan. Wuxuu hadalkiisa ku soo koobay:

"Kol haddaad fikraddaydii aqbasheen waa Ilaahay mahaddii. Markii horeba waxa idinku fiicnaa inaad xalka u dirtaan cid aan mushkiladda sababteeda waxba ku lahayn. Dumarka, carruurta iyo Culimaduba waxay ka mid yihiin inta mudatay dhibka ugu badan balse aan lagala tashan fardaaminteeda. Immaka iyo haatan, maatidii way idin sugaysaa. Wakhti badan ayey xaggiina soo eegayeen. Haddii aad immaka u tagtaanna waxa arki doontaan iyagoo wada sarajooga oo xaggiinna soo fiirinaya. Waxay idinka sugayaanna waa war farxad leh. Haddaba, haddii aad ku noqotaan idinka oon bushaaro u sidin, naxdin ayey qaarkood la dhimanayaan. Qaar kalena nolol dambe oo caaqiibo leh kuma naalloon doonaan. Markaa waxaan soo jeedinayaa in aan ragga

[128] Majeerasho= jamasho, waa in la muujiyo sida shay loola dhacsanyey

halkan cidina ka tegin, intaan soo noqonayo. Aniga ayaa u tegaya, una geynaya dumarka wixii aad i fartaan".

Raggii cod isku mid ah ayey ku yidhaahdeen; annagu adigaannu kugu wareejinnay wixii aanu ummaddan u haynay. Annagu halkaas aad na tidhi fadhiya ayaannu joogaynaa ilaa aad nagu soo noqonayso.

Bushaara, Bushaara ***: raggi wuu heshiiyey!***

Halkii ayuu yarkii ka dheelmaday; kelidii. Dumarkii iyo carruurtii oo war jiranayey[129] ayuu ugu tagey goobtii ay joogeen. Sidii uu sheegay waxay soo wada eegayeen dhinaca raggu ka jiro. Markii ay yarka bidhaantiisa meel fog ka arkeenna way is wada taageen. Bidhaantii ayaa laysu wada tilmaamay.

Naa kaalaya eega qofkan soo socda!...... Qofkee?..... dee kaa.......Alla waa nin......
Naa maahee waa ilmo yar...........
Hoogay ma carruur ayeynu ku soo hungoownay.........
Naa hoogay ha odhanina meel khayrku ka iman ma ogine.

Sidii sidaas hadalka laysugu celcelinayey ayuu wiilkii soo gaadhay dumarkii oo tuban. Shaadhkii uu xidhnaa ayuu iska bixiyey. Markaasuu lulay. Orodna wuu ku daray. Soo baxa....... soo baxa.... soo baxa, ayuu ku qayliyey. Dumarkii iyo carruurtii ayaa daba qamaamay.

Waar maxaa dhacay? ayey dumarkii qaar ku dhawaaqeen. Isna wuxuu ugu jawaabay bushaaro

[129] War jiranaya= war sugaya

ayaan sidaaye soo baxa. Waa la daba yaacay. Meeshii xayn dad ahi joogtayba orod ayaa lagu maray. Marka ay dadka cusubi waydiiyaan waxa dhacay, waxay qolyihii hore ugu jawaabayeen; raggii baa heshiiyey ee soo baxa. Mashxarad iyo farxad aan dumarka reer Soofmaal sabaanno laga maqal ayaa cirka isku shareertay.

Bushaara,...Bushaaro...... Bushaara...... Bilkhayr.......... Iyo..... raggii wuu heshiiyey ayaa la isla dhexmaray. Waxa la daba qulqulay wiilkii yaraa. Ma aragteen weli, sida ay shinnidu u daba qamaanto boqoraddeeda? Sidaas oo kale ayey wixii dumar iyo carruur noolaa u daba qamaameen wiilkan yar.

Aakhirkii goob bannaan ayaa laysugu soo baxay. Yarkii oo weli shaadhkii lulaya ayaa ka codsaday inay aamusaan oo ay fadhiistaan. Ragax, ayaa dhulka lagu wada yidhi. Aamusna way raaciyeen. Shib! Wuxuu buuqi u damay sidii baabuur matoorka loo bakhtiiyey. Markaas ayuu wiilkii, bilaabay hadal. Waa cajiib. Wiilkan yar waa la wada garanayaa. Waxabu dhashay intii ay reer Soofmaal silcayeen. Da'diisu toban sano uun bay wax yar dhaaftay. Goobtana waxa fadhida carruur isaga ka waaweyn iyo dumar nooc walba isugu jira. Waxay dad badani ku tilmaami lahaayeen wiil yar oo Ilaahay hibo siiyey. Laakiin sida xaqiiqda ah carruurta reer Soofmaal oo dhan ayaa noocaas ah laakiin waxaanay helin dhiirrigelin. Haddii carruurta intay yaryihiin la dhiirrigelin lahaa, waxa muuqan lahaa hibooyinka uu Ilaahay ku mannaystay.

Dadku way la fajacsanyihiin[130], inankan yar facaa´ilkiisa[131]. Waxa lays wada waydiinayaa su'aalo aan kala go' lahayn.

- Naa yaadheheen?..........
- Naa miyaanu immaka ilmihii yaraa ahayn?.......
- Naa bal dagayahay islaameed kaalaya!.........

Sidii loo hadal hayey ayey islaan weyni tidhi: naa bal aamusa oo dhegaysta...... Waxba da'diisa ha fiirinninee. Bisinkee kani waaba gurroonjire eh. Halkaa waxa wiilkii ka raacay magaca ka hadhi waayey noloshiisa oo dhan ee Gu-Roon-Jire.

---

130 Fajac= Yaab
131 Facaa´il= hab dhaqan, ficil

Wuxu hadalkiisii ku sheegay sidan:

"Horta bushaaro ayaan idiin sidaa. Bushaaradaasi waxa ay tahay inuu raggii heshiiyey." Markuu intaa yidhii ayaa mashxarad lagu dhuftay. Dabadeedna hadalkiisii ayuu iska sii watay. *"Waxay raggii ku heshiiyeen inay dumarku la wareegaan xal u raadinta reer Soofmaal.*

Isla markaasna ay raggu la wareegaan haynta carruurta iyo hawlihii dumarka. wuxuu intaas ku daray; inuu heshiiskani yahay guul u soo hoyatay bulshada reer Soofmaal. Guul u soo hoyatay dumarka iyo carruurta. Markaa waa inaydun inooga faa´iidaysaan. Diyaar ma tihiin?", ayuu waydiiyey dumarkii.

Iyaguna waxay ku jawaabeen; haaaaaa, cod ka daciifsan kii ay bushaarada kaga jawaabeen. Waxaad mooddaa inay farxaddii dib u liqeen, laakiin haddii bilawgii sidan loogu sheegi lahaa arrinka, mabay noolaadeen naxdin darteed. Dumarku aad ayey u dareensan yihiin khatarta dadkoodu ku suganyahay[132]. Waxaaba la odhan karaa xiitaa ragga way kaga fiicanyihiin dareenkaas.

---

[132] Ku suganyey= xalaadda uu ku jiro

Markii ay muujiyeen inay diyaar u yihiin xal u raadinta ummadda reer Soofmaal ayuu faray[133] inay u dhaqaaqaan dhinaca geedka shirarka ee ay weli raggi joogaan. Wax la sugaa ma jirto. Saacad kasta oo wakhtiga ka mid ah, waa in laga faa'iidaysto. Dhammaan dumarka gaadhay shan iyo toban sano waa inay u jihaystaan dhinaca geedka shirarka. Carruurtana waa in halkan lagaga sii tago inta ay raggi u imanayaan. Isagii ayaa u horkacay dhinacii geedka shirka. Sida shinnidu boqoraddeeda u daba gasho ayey u daba galeen.

Markii uu laba boqol oo tallaabo u soo jirsaday meeshii raggu fadhiyeen oo ay ragga iyo dumarku toos isugu muuqdeen, ayuu ishaaro gacanta ah siiyey dumarkii daba socday. Ishaaradaasi waxay ka dhignayd:

Fadhiista....
fadh-fadhiista!

Rab, ayey mar qudha dhulka ku yidhaahdeen sidii ciidan aad loo taba baray.

---

[133] Faray= amray

Dabadeed wuxuu ku yidhi: hadda laga bilaabo idinka ayuu idinku wareegay xilkii ummadda reer Soofmaal iyo xal u helidda dhibkooduba. Anigu waxaan hadda ku biirayaa ragga, waxaanay idiin waydaaranayaan carruurtii iyo hawlihii aad hayn jirteen.

Waydinkaas dee!
Habar iyo habeenkeed!

Dabadeedna wuxuu hore ugu socday dhinacii ragga. dhammaantood waxay soo fiirinayeen xagga dumarka iyo xagga Gu-roon-jire. Markii uu soo gaadhay ayuu gacanta ugu ishaaray inay u dhaqaaqaan dhinacii carruurta lagaga yimid. Iyadoon hadal lagu soo celin ayaa laysu daba tooreeyey sidii ciidan dhibbooya[134] oo u socdo tababar. Markii ninkii ugu dambeeyey uu waydaartay haweenka, ayuu yarkiina ka daba dhaqaaqay raggii, isagoo dumarkana gacanta ugu ishaaray inay kacaan oo ay geedka shirarka tagaan. Sidaas ayuu kalawareeg xagga jagooyinka ahi uga dhacay bulshadii reer Soofmaal.

[134] Dhiboo= Mullateri cusub oo markaas tababarka bilaabay

Kani waa kala wareegii noociisa oo kale ugu waynaa taariikhda. Waa kala wareeg hoos loogu dhigay calankii ragga, calankii haweenkana kor loogu qaaday. Waa kala wareeg laysla oggolaa oo ku salaysnaa tijaabin. Waxa dadka niyaddooda ku soo dhacayey xilligaas ereyadan caanka ah:

Kanna siib!!
Kanna saar
Aan siduu yahay eegneeeeeeeeeee!
Cajiiib!

Dumarkii waxay ku habsadeen[135] geedkii shirarka iyo dacalladiisa, isla halkii ay raggu fadhiisan jireen. Tiro ahaan way ka badanyihiin tiradii ragga. Qaabka ay u fadhiisteena wuu ka duwanyahay kii ragga. Tirada ragga waxa yareeyey iyagoo aad ugu dhintay qaskan ummadda helay iyo iyagoo qaar badan oo ka mid ahi ay mukhaalafo xumo[136] darteed la maqnaayeen. Habka fadhiga shirkuna wuxuu uga muuqaal duwanaaday kii ragga, iyadoon loo fadhiisan hab dumarka ku kala soocaya aynigooda ama aqoontooda. Laakiin raggu weligood sidaas

[135] Habsasho= Ku dul deg
[136] Mukhaalafo xumo= is waafaq la'aan

ayey isku kala sooci jireen. Waxa iska caddayd in habka ay dumarku u fadhiisteen u dhawdahay cadaaladda iyo sinnaanta, dadkana ay gelinsayso dareen isku mid ahaansho ah.

Waxa kaloo ay ragga kaga duwanaaanyeen, iyagoon cido kala duwan shirka u metelayn iyo iyagoo aan godobo toos ah kala tirsanayn.

Meel cidlo ah ayaa dumarka loo dhiibay. Ma jiraan wax aan dhib ahayn oo horyaallaa. Ma jiraan xeerar lagu kala baxo oo u sii qorani. Wax waliba hortood ayey gacmihii ragga ku baabe'een. Xiitaa deegaanki wuu baaba'ay. Immaka geedkan lagu shirayo wax kale looma soo doonan ee dhir la'aan ayaa keentay dadka. Dhulkii beryaha qaar kaymaha ahaan jiray, geed geed uun baad hadda ku arkaysaa.

Shirkii wuxuu ku bilaabmay si habsami[137] ah iyadoo lagu furfurtay[138] ducaysi. Talo iyo tusaalayn ku saabsan xilkan lagu wareejiyey, ayaa ugu horreeyey wixii laga wada hadlay. Tabtii[139] ragga oo kale ayey dumarkuna u

[137] Habsami= si wanaagsan
[138] Furfurtay= lagu bilaabay
[139] Tabtii= sidii

hadlayeen marka la eego xagga xikmadda, suugaanta, maahmaahyada iyo waanadaba. Ragga iyo dumarku waa isku mid uun. Waxba sidaasi uma dhexeeyaan.

Isla kulankoodii horeba waxay kaga hadleen tallaabooyinka la gudboon iyaga dumar ahaan, si ay u badbaadiyaan ummaddan ciirtay ee reer **Soofmaal**. Waxay kaloo isla qireen in ummaddan qaskeeda ay masuul ka yihiin raggu, oo ay habboontahay in ragga hubka laga dhigo!. Waa in laga fekero nadaam u diida ragga inay is hortaagaan go'aammada ay dumarku soo saaraan. Markaa qodobkii ugu horreeyey ee ay gudoonsadeen wuxuu noqday; inay dumarku joojiyaan calaaqaadka naagnimo ee ay ragga la leeyihiin. Taas oo ay uga jeedeen in aanay naagina nin gogol la seexan ilaa inta ummadda laga saarayo dhibka iyo nabad la'aanta haysata ee la soo celinayo sharaftii reer Soofmaal. Waxay ku saleeyeen go'aanka noocan ah, inay baahida raggu u qabaan dumarka wax walba ka wayntahay. Haddii ay dumarku diidaan ragga ilaa inta ay nabadda iyo is jacaylka reer Soofmaal u soo jeesanayaan, waxa soo dhawaanaya wakhtiga ay gacmaha is qabsan doonaan ee ay dib u dhiska umadda ka wada shaqayn doonaan.

Runtii wuxuu ahaa go'aan madaxa loo wada ruxay[140] oo haddii sidiisa loo fuliyo ay ka soo bixi lahaayeen midhihii laga rabay. Laakiin waxa lays waydiiyey waxay diintu ka qabto go'aanka noocaas ah. Sidoodaba reer Soofmaal waa dad aad uga dambeeya diinta. Waxayna rumaysanyihiin in dhibka qabsadayba uu keenay, diinta oo laga leexday.

Waxay leeyihiin; waxan inagu dhacay, waa cadho Alle, markaa haddii aynu sii wadno khilaafka diinta, Ilaahay cadhadiisuna way inagu sii badanaysaa. Markaas waxay go´aansadeen in nin sheekh ah la soo waydiiyo waxay arrintan diintu ka qabto, maxaa yeelay dumarku sidaas uguma xeel dheera aqoonta diinta.

Waxa su´aashii la soo waydiiyey ninkii sheekhnimadiisa loogu kalsoonaa. Wuxuu ahaa sheekhani ka keliya ee ragga dhan aan ka qayb gelin wixii dhac iyo dil la soo geystay. Waa nin miskiin ah oo u go'ay ku dhaqanka diinta. Markii uu kutubtii ka fiiriyey su'aashan la soo waydiiyey, waxa u soo baxday inay "Naruuro"[141] ahaan u

---

[140] Madaxa loo ruxay= Loo bogay, laga helay
[141] Naruuro= Nas, daruuro

bannaantahay, in ay dumarku ragga diidaan ilaa inta nabad iyo caano ummaddu ka helayso!!!.

Arintaasi waxay dumarka tustay in aanay ka maarmayn qof diinta aqoon dheer u leh oo ka saxa go'aammadooda. Markaa waxay doorteen in sheekhu noqdo cidda ay ula noqonayaan su'aalahooda, Waxayna ka codsadeen inuu soo fadhiisto meel u dhaw meesha ay ku shirayaan, si markasta oo ay wax uga baahdaanba aanay meel fog uga doonin.

Sidoo kale waxay Dumarkii isku raaceen inay u baahanyihiin Gu-roon-jire. Baahida wiilka ay u qabeen waxay lahayd laba weji oo kala duwan.

Waa mide taladiisu muhiim ayey ahayd, midda labaadna waxay ugu baahnaayeen isku xidhka dumarka iyo sheekha oo dhinaca iyo dumarka iyo dadkii kale oo dhinaca.

Dumarkii....Carruurtii....Culimadiii......Waa isla doonasho Ilaah! Saddexdan qolo ee ay ku wareegtay taladii reer Soofmaal, waxay ahaan jireen qaar aan waxba laga waydiin arrimaha sidan oo kale ah. Culimada ayaa ugu soo dhawaan jirtay oo mar mar dan lagu fushanayo, wax laga waydiin jiray xalaasha iyo xaaraanta.

Dumarka iyo carruurta reer Soofmaalna waxay la mid ahaayeen uun carruurta iyo dumarka adduunka kale. Runtii waa kalawareeg dhab ah oo aan noociisa taariikhda lagu hayn.

Haddaba aynu u noqono go'aankiiye, farxad iyo rayrayn ayey jawaabta sheekhu ku dhalisay dumarkii. Laakiin waxa werwer iyo shaki laga muujiyey sida ay dumarka qudhoodu[142] ugu adkaysan karaan fulinta go'aankan. Baahida raggu dumarka u qabo mid la mid ah ayey dumarkuna ragga u qabaan, welibana dumarka ayaa "Nugul"[143]. Waxaa arrintaas ka hadashay Qoftii ugu da'da waynayd shirka. Waxay ka sheekaysay qisadii **Muunisa** oo dumarka waaweyn intooda badani ay hore u maqleen. Laakiin ku cusbayd dhallinyarada. Qasadani waa sheeko baralay[144] tilmaamaysa sababta ay dumarku salaadda u tukin waayeen masaajidada. Waxay islaantu waydiisay dumarkii inay wax ka maqleen qisadii Muunisa iyo imaamnimada. Qaar badan ayaa ugu jawaabay; mayee nooga sheekee! Markaas ayey bilawday. Waxay tidhi:

---

142 Qudhooda= laftooda, iyagu
143 Nugul= jilicsan
144 Sheeko baralay= sheeko xariir

"waayadii hore dumarka ayaa dadka salaadda tukin jiray, ayaa la yidhi. Markaa waxa laga wareejiyey markii ay gabadh Muunisa la odhan jiray oo imaam ahayd nafteedii ragga ka xakamayn kari wayday. Taasina waxay u dhacday sidan: maalin ayey Muunisa u soo baxday inay tukiso salaaddii oo la eedaamay. Markaa shaydaan iska soo dhigay nin, ayaa dhexda isu taagay. Markii ay aragtay ayey is xakamayn kari wayday oo ay ku danbaabtay. Dabadeedna sidaas ayaa dumarka looga mamnoocay inay salaadda tukiyaan" ayey tidhi islaantii.

Waxay intaas ku dartay islaantii; *"in badbaadinta ummaddani ku xidhantay kolba sida aad nafihiinna u xakamaysaan"*. Hadalkaas waa loo bogay.

Hadallo kale oo culculusina way ka dambeeyeen. Aakhirkii waxa laysku raacay in la habaaro qof alla qoftii u nuglaata hawada ragga ee nafteeda xakamayn wayda. Qof walba waxa laga codsaday inay istaagto oo tidhaahdo: "***Rimaygu hayga soo dhaco oo yaanan raad dhigin, haddii nin i taabto ilaa nabad laysku raacay, la gaadhayo***". Jameecadii kalena waxa laga codsaday inay ugu jawaabaan: "Ilaahayoow aamiin". Sidaas ayaa go'aankaas lagu ansixiyey iyadoo kalsooni laysku wada qabo.

Dhinaca ragga arrintani way la sahlanayd[145]; bilawgii. Kuwii aan hore xaasaska u lahayn, iyagu waxbaba kama ay soo qaadin. Laakiin muddo ka bacdi ayuu boholyowgii[146] ka tan batay. Waxa dhabawdii mahmaadii carbeed ee odhanaysay: ***"Kullu mamnooc, maxbuub",*** Wax kastoo la mamnooco waa la jeclaadaa. Si kastaba waxay isugu dayeen inay gaadhaan haweenkoodii, laakiin dumarkii way hal adaygeen. Nuglaantii haweenka lagu xamanjiray waxay ku wareegtay raggii. Dumarkii waxay ku sifoobeen go'aan adag. Taasi waxay soo dedejisay inay raggii u dhego nuglaadaan qaraar[147] kasta oo ka soo baxa shirka dumarka.

Qaraarrada shirku may ahayn qaar laysla sugo ilaa inta shirku dhammaanayo ee waxay ahaayeen qaar lagu shaqeeyo isla marka la go'aamiyoba. Wuxuu shabbahayey shirkani, sidii baarlamaan aan fasax lahayn oo kale. Intii shirku

---

[145] Sahlanayd=fududayd
[146] Boholyoow=Jeclaan wax kaa fog oo hore loo qabay
[147] Qaraar= Go'aan

socday waxay dumarku caadaysteen inay shirkooda ku furtaan ducaysi, salaad iyo wayso qab. Sidoo kale waxay fareen ragga iyo carruurta inay maalin walba isu soo baxaan oo ay Alle ka tuugaan inuu dhibaatada ka dul qaado. Sidaas waxa ku safaysmay rooxaantii[148] dadka. Waxa ka baxay naxligii laysu qaaday. Waxana ku soo noqday is jacaylkii iyo naxariistii. Kala sarrayntii iyo qabweynidii shaydaanna way baxday. Dadkii waxay isu wada dhiibeen awood ka sarraysa, *waa awooda Alle*, iyaguna sinnaansho ayey isu qireen.

Haddaba qaraarradii isdaba joogga ahaa ee ka soo baxayey geedka shirarka waxa ka mid ahaa:

- In habka deegaanka dadka reer Soofmaal laysku dhex qaso. Beryahan dambe marka laga soo bilaabo wakhtigii marti-ku-sheeggu yimaaddeen, dadku way kala soocnaayeen. Intii ay qaraabo dhaw ka dhaxaysaaba, dhinac ayey iskaga xigxigeen.

Markii hadda la falanqeeyey dhibka reer Soofmaal waxa loo arkay in kala

[148] Rooxaan=naftiii

soocnaanta dadku ay qayb wayn ka qaadatay burburka ummadda. Sidaas darteed waxay dumarku go'aamiyeen in dadka laysku dhex qaybqaybiyo oo meel walba la dejiyo qoysas aan wax qaraabo ahi ka dhaxayn. Waxay kaloo dumarku raaciyeen shuruucdii lagu wada noolaan lahaa. Tusaale ahaan xaafaadii kastaaba waa inay qotaan ceel biyood iyo beero ay ku noolaadaan.

- In Magaca reeraha lagu qoro dumarka, halkii uu kaga qornaan jiray ragga. Markii hore waxay qodobkan uga jeedeen in carruurta magacooda labaad uu noqdo ka hooyada halkii uu ka ahaan jiray ka aabbaha. Laakiin markii ay sheekh-miskiin waydiiyeen waxay arrintaas diintu ka qabto, wuxuu u tilmaamay inay kutubta ku taal in carruuta aabbohood loogu yeedho. Laakiin wuxuu ku taliyey in magaca labaadna noqdo ka aabbaha magaca saddexaadna noqdo ka hooyada. Ujeeddo; haddii laba waalid oo la kala yidhaahdo Caasha iyo Cismaan ay dhalaan wiil Cumar la yidhaahdo, waxa loogu yeedhayaa sidan:

Cumar Cismaan Caasho. Markaa waxa halkaas ku joogsanaya nadaamkii abtirsiinta ee dadka kala soocayey. Runtii qodobkan qudhiisu wuxuu noqday mid aad looga baaraan[149] degay oo haddii sidiisa loo fuliyo, midayn doona bulshada reer Soofmaal.

- Waxa kaloo ay go'aamiyeen in la sameeyo ciidan wada rag ah oo dhulka reer Soofmaal ka riixa bahalaha meel walba kaga soo durkay. Al-xamdulillaah ciidankaasina, markiiba wuu ku guulaystay inuu bahalihii dugaagga ahaa ka didiyo dhulkii. Waxana u sahlanaatay dadkii inay kala nefisaan oo ay dhulkooda ballaadhan ku kala fidaan.

Qodobbadaas iyo boqolaal kale ayaa si tartiib tartiib ah loo dhaqan galiyey. Waxaana muuqatay iyadoon shirkiba dhammaan in ummaddii

[149] Baaraan deg= aad looga fekeray

dhisantay. Markii uu shirkii socday muddo ka badan sannad ee la dhaqan geliyey qaraarradii ka soo baxay oo ka badnaa kun qoraar (1000), ayaa la go'aansaday in shirka la soo af jaro. Isla markii la ducaystay balse aan la kala dareerin ayuu afarta jihaba roob iska soo qabsaday. Ilaahay amarkiisa waxa samada ka soo butaacay[150] roob baro-waaweyn. "Al-xamdulillaaah Ilaahay baa raalli inaga noqday" ayaa la wada yidhi.

[150] Butaacay= Biyo si xoogle u soo furma

Saxalkii Baxyoo samaanay!

Roobkii waabu kala istaagi waayey. Habeenkii gudgude[151], subaxdii mayey[152], maalintii oo dhan jir[153] iyo joogjoog. Marka uu roob qaadaba mid kale ayaa soo yeel yeesha[154]. Markay daruuri caadawdoba[155] mid kale ayaa soo hoorta. Baro yaryare, baro waaweyne, biyo-dhig iyo daadmaris ayaa kala go'i waayey. Bal qabsoo muddo sanawaad ah raxmaad[156] kama uu da'in dhulka. dadkiba xamdi iyo shukri ayey ka dhammaan waayeeyn, *Al-xamdulillah*. Roobka ayey isu dhigeen si ay nafahooda ugu qooyaan raxmaadka Alle. Waxay ku qanceen inuu Allaah raalli ka noqday taladooda. Marka roob soo yeelyeeshaba mahad-naq Alle ayaa la bilaabay. Sidaas ayaa muddo dheer biyo-batalaq loogu jiray.

Dhulkii waxa u soo noqday khayraadkii ka nabaad guuray. Dhirtii iyo kaymihii ayaa dib u soo noqday. Baadkii iyo barwaaqadii ayaa isku baxay. Waxa dhacday in la seexdo oo marka la soo

---

[151] Gudgude= Waa roob xoog badan oo habeenkii da'a
[152] Mayey= waa roob subaxdii da'a
[153] Jir= Roob meelo laga galo
[154] Soo yeelyeesho= Soo bilaabasho
[155] Caad= Daruur khafiif ah oo aan wax biyo ahi ku jirin
[156] Raxmaad=Roob

tooso la arko iyadoo dhul shalay bannaanno ahaa uu kaymo noqday, ama dhir yaryarayd ay damallo la hadhsado noqotay. Wax kale kuma garatide, wuxuu dhulkii u eekaaday sidii uu boqol sano ka hor u eekaa; intii aanay marti-ku-sheegti imanin.

Weliba barwaaqo dheeraad ah ayaa soo korodhay. Dhulkii intuu biyo ka dhergay ayey dushiisa fadhiisteen biyihu. Waxa ka samaysmay bado yaryar. Waxa dacallada isku qabtay harooyin waaweyn oo aanay biyuhu ka gudhin. Maansha Allaah!.

Waxa laga beertay dalag nooc walba leh. Dhinaca kale waxa xaddiga ka batay qadhaabka iskii u baxay ee lagu noolaan karo kelidii, xiitaa haddaan waxba la beeran. Xoolihii ka dabargo'ay, Ilaahay wuu u soo celiyey reer Soofmaal. Duur joogtii way ku soo laabatay dhulkooda. Waxa mar labaad la arkay iyadoo ugaadha iyo adhigu is dhex daaqayaan oo aanay kala didayn.

Run ahaantii dadkii waxay la kala bateen farxad. Waxa lagu heesay: Badhbadhaadhnay!!.......... Waxa kaloo lays maqashiiyey ereyada; "Saxalkii baxyoo samaannay"

Waxa la wada yaqiinsaday in laga soo doogay tacluustii[157] ku dhacday ummaddan reer Soofmaal. Markaas ayaa la bilaabay in loo qalab gurto aroosyo cusub. Waxa dib isugu soo hiloobay raggii iyo dumarkii kala baaday. Kuwii hore isu qabay ayaa xiitaa doortay inay aroosyo cusub dhigtaan. Xafladaha caruusyada ayaa muddo sannad ah, kala joogsan waayey. Maalin walba waxa loo tumay boqollaal aroos oo kala duwan. Waxa la arkay reer dhan oo gabdho, wiilal iyo waalidba leh oo xafladaha arooskoodu isku maalin dhacayaan.

Maansha Allaah! Maxaa ka qurux badan. Dumarkii dhintay iyagoo uga caaggan[158] raggooda ummadda darteed, xus ayaa loo sameeyey. Waxa lagu sheegay geesiyado, waxa lagu sheegay shahiiddo, waana loo duceeyey.

Haddaad goobtaa joogi lahayd, naftaba waad kala dhaqaaqi lahaydeen; ashqaraar[159] dartii. Maansha Allaah. sannadkii ku xigay sannadkaas aroosyada waxa dhashay facii ugu horreeyey reer Soofmaal ee muddo boqol sannadood ah ku

[157] Tacluus= dhibaatooyin sida cudurada oo kale
[158] ka caagan= ka reeban, iska xarrimay
[159] Ashqaraar= la yaab iyo farxad wada socda,

dhasha bashbash iyo barwaaqo. Waa facii xorriyadda. Waa facii nabadda. Waa facii jacaylka. Maasha Allaah!

Jirtoo Ilaahay reer Soofmaal uu ka saaray tacluus[160]tii, haddana may illoobin darxumadii soo martay. May illoobin wixii darxumadas sababay. Sidaas darteed waxay qaateen tallaabooyin ay mustaqbalkooda iyo mustaqbalka carruurtoodaba ku sugayaan. Waxay dhigteen xeerar wax kala haga. Qolyihii marti-ku-sheegga ahaa ee u horseeday saancadka waxay ka dejisteen xeerar u gaar ah. Waxay sharci ka dhigteen in aan marti-ku-sheeggii iyo ciddii la mid ah lala yeelan wax ka badan calaaqo Bina-aadanimo. ujeeddadu waa in aan aqoontooda la baran. Waa in aan afkooda lagaga hadal dhulka reer Soofmaal. Waa in aan iyaga loola hadal sidii maamul la aqoonsanyahay. Dabcan dhulka reer Soofmaal way iman karaan iyagoo dalxiisa, iyagoo ganacsato ah iyo iyagoo nabadgelyo doon ahba. Laakiin waa inay qof qof madaxbanaan oo Bina-aadan ah u yimaadaan. Hadday ganacsanayaan waxay ku ganacsanayaan xeerarka reer Soofmaal. Hadday dalxiis yihiin

[160] Tacluus= nolol darxumo iyo xanuunoba wadata

waxay raacayaan xeerarka reer Soofmaal, waxayna ku hadlayaan afka reer Soofmaal.

Midda kale qof kasta oo iyaga ka mid ah oo isku daya inuu ku hadlo magaca dalkii geed-is-mariska, waxa lagu xukumayaa inuu bixiyo qasaarihii boqolka sano soo gaadhay reer Soofmaal, Waa qasaare aan la bixin karin.

Waxa kaloo la dejiiyey nadaamka ummadda reer Soofmaal ee cusub. Waxa la sameeyey afar gole ama xarumood oo laga maamulo dalka. Waa golaha dumarka, golaha carruurta, golaha culimada iyo golaha amaanka dalka iyo arrimaha debedda. Golaha dumarku waa kan dalka kala wadaya, hadday tahay paarlamaanka iyo hadday tahay xukuumaddaba. Waxay hawshoodu ku koobantahay arrimaha gudaha. Laakiin waxa kontoroolaya golaha culimada oo iyaga loo igmaday inay xeerkastaba saxaan. Xeerna ma hirgalayo ilaa ay iyagu saxeexaan marka ay kutubaha ka eegaan. Golaha ammaanka iyo arrimaha debedda waxa gacanta ku haya ragga. Waxay ka koobanyihiin ciidanka difaaca ummadda, ciidanka nabadgelyada gudaha iyo ilaalinta xorriyada dadka iyo xidhiidhka ummaddaha kale. Golahan waxa ugu sarreeya hogaamiye rooxaaniya[161] oo cilmigiisa iyo daacadnimadiisa lagu siiyey shahaadooyinka dalka oo dhan. Wuxuu leeyahay boqollaal khabiir oo la taliya.

Hogaamiyaha ruuxiga ah ee reer Soofmaal, kulama hadlo ummadda wixii uu doono iyo goortii uu doonaba, ilaa ay boqollaal khabiir oo xagga diinta, xagga siyaasada iyo xagga sharciyada ku takhasusay u qoraan wuxuu dadka kula hadlayo. Golaha carruurtu, waxay iyagu u doodaan daryeelka iyo xuquuqda carruurta, goleyaasha kalena waxay ku qasbanyihiin inay dhegaystaan hadalka carruurta.

Wixii maalintaas ka dambeyey waxay reer Soofmaal ku noolaadeen farxad iyo badhaadhe. Waxay noqdeen qaran dhisan oo dhul leh oo ciidan leh oo distoor leh oo maamul leh. Sidaas ayey farxaddii ugu soo noqotay dadkooda. Waxaanay isku waaniyeen inay ku faro adaygaan, kana faa'iidaystaan jaaniskan ay dib u heleen. Waxa ka mid noqday halhayskooda ereyadan qiirada leh:

---

[161] hogaamiye rooxaaniya= hogaamiye ruuxiya, oo xagga caqiidada wax ku maamula

Ragga toodii aragnaye,

"Dhaxaan Murugiyo
Harraad mudanee
Maantay curatoo
mataano dhashee
Aan maallo hasheena maandeeq

"maggawdoo candhadii
gollaha mariseee
aan maallo hasheena maandeeqeey".

Dh –a- m-m- a –a- d
2022

Ragga toodii aragnaye,

La filayo sannadkan 2022

Qaar ka mid ah buugaagtii hore ee qoraaga

www.ingramcontent.com/pod-product-compliance
Ingram Content Group UK Ltd.
Pitfield, Milton Keynes, MK11 3LW, UK
UKHW012248290726
14090UKWH00013B/521

9 789198 442182